Ángel de Lucifer

La Iglesia
de Satanás

Por

R.W.K. Clark

Publicado en los Estados Unidos por Clarkltd.

Po Box 45313 Rio Rancho, NM 87174

info@clarkltd.com

Primera Edición

Oficina de derechos de autor de Estados Unidos

TX8-284-097 junio de 2016

Número de control de la Biblioteca del Congreso:

2017907155

Números de libros internacionales estándar

ISBN-10: 1948312077

ISBN-13: 978-1948312073

ASIN: B078WDPPMV

/180108

DEDICATORIAS

Dedico esta novela a mis lectores maravillosos y para todas las personas increíbles que he conocido y los que no tengo. A mi familia y seres queridos, todo su apoyo no será olvidado.

Gracias

CAPÍTULO 1

"Todos los que quieran participar en la obra de Navidad deben estar preparados para una audición el próximo miércoles por la noche, después de los servicios nocturnos", dijo la Sra. Bailey mientras se dirigía a la clase de la escuela dominical del adolescente. "La Sra. Holt la pianista, y yo supervisaremos las audiciones y asignaremos roles, con excepción de las clases más jóvenes, que participarán como miembros del coro"

Sarah Hathaway amaba esta época del año. No solo era la Navidad, sino que también tenía la oportunidad de participar en el programa de teatro de la iglesia con tres ensayos a la semana. Esto era tan emocionante para Sarah porque significaba pasar tiempo a solas con su abuela Emma Holt, la pianista. Su abuela era su persona favorita en todo el mundo. Por lo general, solo pasaba tiempo con ella en los servicios y cada dos fines de semana, pero durante la temporada de vacaciones, ella y su abuela eran casi inseparables.

"Entonces", continuó Miriam Bailey, "tienes que saber con anticipación qué parte estás probando y aprender una escena con el personaje que deseas interpretar". Entonces, ella tomó una pila de guiones del escritorio en el frente del salón para distribuirlos. "Sarah, ¿podrías ayudarme a pasar estos?"

Sarah se puso de pie sin dudarlo. "Sí, señora".

"Como saben, no todos en esta sala tendrán una participación con líneas. Algunos de ustedes serán asignados como 'extras', igual que en las películas". La Sra. Bailey y Sarah comenzaron a repartir los guiones mientras hablaba. "Por favor, no escriban en estos guiones. Sea un buen guardián de la propiedad de la iglesia, por favor. Quiero que vuelvan a estar en las mismas condiciones en que se encuentran ahora".

Cuando los guiones ya estaban en las manos de los estudiantes, la Sra. Bailey le dio una amplia sonrisa a toda la clase. "Esta es una obra maravillosa que representa la vida de Cristo, aunque ambientada en los tiempos modernos, así que creo que todos la pasaremos de maravilla ensayando y preparándonos. Los veré a todos el miércoles por la noche durante los servicios para adultos. Las audiciones se llevarán a cabo en el gimnasio de la iglesia". La Sra. Bailey miró su reloj y luego aplaudió dos veces. "Pueden irse, y no lean los guiones durante el sermón de hoy. Muestren respeto al Pastor Bailey".

Sarah saltó de su asiento, agarró su suéter y su bolso del respaldo de su silla. Ella nunca pensaría en faltarle el respeto al Pastor Bailey de esa manera. Además, la Sra. Bailey, su esposa, era otra persona en la iglesia que Sarah admiraba y amaba. Ella enrolló suavemente su guión y lo metió en su bolso. Fuera de vista, fuera de la mente.

Salió del aula y se dirigió al pequeño auditorio donde se llevaban a cabo los servicios de la mañana. En su camino, echó un vistazo al sencillo reloj blanco sobre la entrada principal. Todavía faltaban 10 minutos para que iniciaran los servicios; ella tenía tiempo de ir a ver a la abuela antes de que comenzaran.

Compañeros de la pequeña congregación estaban dando vueltas, estrechándose la mano y aprovechando el tiempo para saludarse mutuamente. Sarah no se dio cuenta de ellos, sino que simplemente se abría paso entre las manos temblorosas y los rostros sonrientes hasta que alcanzó a su abuela y al piano que había estado tocando durante veinte años.

Sarah se detuvo a unos cinco pies de distancia de su abuela, que estaba sentada en su banco de madera y clasificaba partituras para los himnos que cantarían esa mañana. Al verla, Sarah sintió una ráfaga de amor cálido que la hizo estremecerse. Una sonrisa se extendió por su rostro y ella caminó de puntillas hasta que estuvo justo detrás de la mujer de cabello plateado. Dejó que su bolso y su suéter cayeran al suelo, usó sus manos y cubrió los ojos de su abuela.

"Adivina quién", dijo con una voz baja y ronca.

La abuela dio un gran espectáculo, fingiendo estar confundida. Sus manos cayeron de su partitura, de forma dramática. "¡Oh cielos! Esa voz no me suena familiar en lo absoluto. Déjame ver... ¿Alcalde Hendrix?".

"No", respondió Sarah.

Ahora la abuela dio un gran suspiro. "Oh, es cierto. El alcalde Hendrix no viene a la iglesia, ¿o sí? ¿Qué hay de Walter Everman?".

Sarah ya no podía fingir ni contener sus risas. Ella apartó sus manos y se sentó en el banco junto a la anciana de aspecto regio. "¡Soy yo, tontita, y lo sabías!"

Emma Holt hizo una exclamación exagerada. "¡No no! ¡Me has engañado! Podría haber jurado que eras Walter Everman. Sabes que le agrado". Emma ojos brillaron y sonrió ampliamente. Puso sus brazos alrededor de Sarah y le dio un fuerte abrazo.

Sarah le devolvió el abrazo y dijo: "¿Walter Everman ?Qué asco, abuela. ¡Deja de molestar!"

"Entonces, ¿vas a probar con María o Elizabeth?"

Sarah se encogió de hombros y tuvo una mirada distante en sus ojos. "Estaba pensando en María Magdalena. Sabes que ella era una de las favoritas de Jesús".

"Bueno, dependiendo de quién obtenga el papel de Jesús, ¿verdad?". Emma golpeó la cabeza de Sarah con algunas partituras. "Sé que estás esperando que Brian Brandt lo reciba".

"¡Abuela, eres terrible!". Sarah se levantó, recogió su suéter y su bolso. Los demás en la iglesia estaban casi todos sentados, y el ruido fue disminuyendo hasta un estruendo bajo. "Me voy a sentar. ¿Te veo después?"

"Sí. Nos detendremos para almorzar camino a casa". Emma giró su mejilla hacia su nieta y la tocó con el dedo índice. "¡Dame un beso!".

Sarah le dio un beso y se dirigió a su banco favorito. Era el segundo desde el frente en el lado izquierdo. Cuando encontró la cara de su madre, sonrió y fue a sentarse.

"¿Papá no pudo venir otra vez?", preguntó Sarah.

Amelia Hathaway frotó el hombro de su hija y le besó la mejilla. "A ellos no les importa que se mate trabajando. Desearía que fuera más asertivo con sus supervisores en lo que respecta a la iglesia, al menos una vez a la semana. ¿Cómo está mi madre? Vi que estabas haciéndole jugarretas".

"Maravillosa", respondió Sarah. "Ella quiere que almuerce con ella después de los servicios".

"¿Por qué nunca me invitan a estas cosas?", preguntó Amelia.

Sarah se encogió de hombros y sonrió. "Soy su favorita".

Emma Holt comenzó a tocar la música de preludio, lo que significaba que los servicios iban a comenzar. La pequeña congregación se quedó en silencio, y el Pastor Bailey se levantó de donde había estado orando desde el altar y se dirigió a su podio con su cuerpo voluminoso. Con la Biblia en la mano, se ubicó y levantó los brazos. La música del piano se detuvo.

"Es la bendición y la provisión maravillosa de Dios que todos estemos aquí hoy, siendo capaces de adorarlo libremente y venir juntos a Él", bajó los brazos y dio una sonrisa espectacular. "Oremos...".

∞

"¡Estoy lista, abuela!". Sarah se había puesto su chaqueta y se colgó su bolso sobre el hombro.

Emma se levantó, con partituras en mano, para ponerlas en el banco y cerrar el piano. Ella tropezó un poco, mientras lo hacía, pero se sostuvo en el borde del gran instrumento. "Ay Dios", dijo ella. "Debí haberme levantado demasiado rápido".

"Bueno, reduce la velocidad", respondió Sarah.

Emma comenzó a ponerse su chaqueta. "Esperaba convencerte para que vinieras a mi casa después del almuerzo. Podrías ayudarme a despejar la entrada. El vecino usó su quitanieves en mi camino de acceso, pero él y su esposa tuvieron que irse a la iglesia. ¿Podrás usar la pala?".

"Por supuesto". Sarah extendió la mano y ayudó a su abuela a ajustar su chaqueta. Entonces, notó gotas de sudor en la frente de Emma, y se veía un poco pálida. "¿Estás bien, abuela?".

Emma agarró el asa de su bolso y sonrió, esquivando la pregunta. "Por supuesto. ¿Por qué no agarras nuestros abrigos del armario del vestíbulo?

Sarah hizo lo que le pidieron, y se fueron de la iglesia tomadas del brazo. El pequeño estacionamiento de grava había sido despejado antes de ir a la iglesia, y había sal en los escalones. Se tomaron su tiempo, ambas estaban charlando sobre la próxima obra de Navidad.

∞

El almuerzo estuvo maravilloso, aunque hablaron más de lo que comieron. Había solo un restaurante en Paradise, Ohio, y casi todos en su congregación comían allí los domingos. Se llamaba 'El Restaurant de Evie', y estaba lleno de alegría y risas casi todo el tiempo.

Cuando las dos terminaron de disfrutar de sus comidas, Emma pagó, y se dirigían a su casa. Estaba a solo cinco cuadras de distancia, y llegaron allí en poco tiempo. Emma estacionó su Buick en el garaje, y ambas salieron del auto.

"Sabes dónde está la pala, cariño", dijo Emma señalando con su dedo. "Reuniré la basura de la casa y la pondré en el contenedor para cuando el recogedor de la basura venga por la mañana".

Sarah tomó la pala de nieve y salió al patio delantero. El camino estaba tan cubierto de nieve que no hubiera podido verlo si no fuera por el pequeño porche y los escalones. Ella hundió la pala y se puso a trabajar.

Hacía frío, pero el sol brillaba intensamente. Cuando Sarah paleaba, levantó la cara hacia su luz y permitió que la energizara. El camino fue despejado en quince minutos, entonces se dirigió al garaje para guardar la pala y agarrar la bolsa de sal. Ella no quería que la abuela se cayera, así que es mejor prevenir que lamentar.

Ella cruzó el patio y giró a la izquierda en el camino de acceso. Tarareaba 'In the Garden' mientras caminaba, su himno favorito de la iglesia, y se miró los pies al caminar. Cuando volvió a mirar hacia arriba, vio dos bolsas de basura negras de plástico en el suelo cerca del garaje. Le pareció que se veían muy llenas. ¿La abuela las había arrojado para que ella las metiera en el contenedor?

¡¿Abuelita?! Ella gritó, mirando hacia la ventana de la cocina mientras pasaba. Nadie le respondió, a pesar de que la anciana escuchaba bastante bien. "¡Olvídalo!", ella gritó de nuevo. Ella solo pondría las bolsas en el contenedor.

Se acercó a las bolsas, y cuando estuvo a unos tres metros de ellas, lo vio todo: su abuela estaba boca abajo, y su pequeño cuerpo estaba casi oculto por las bolsas de basura. La anciana no se movía.

"¿Abuelita?". Sarah dejó caer la pala y corrió hacia ella, pateando las bolsas fuera de su camino. Ella agarró el frágil cuerpo de la mujer y le dio la vuelta. Los ojos de Emma estaban bien abiertos, y Sarah supo que se había muerto.

"¡Ayuda! ¡Ayúdenme!". Ella entró en pánico y comenzó a sacudir a su abuela. "¡No! ¡Que alguien llame a la ambulancia!

R.W.K. Clark

CAPÍTULO 2

"Dr. Martin, tiene una llamada en la línea uno.

La voz en el intercomunicador parecía tan pesada, y hacía que los oídos de Sarah dolieran como las uñas en una pizarra. Estaba sentada en una silla en la sala de espera del Mercy General Hospital, con el ceño fruncido y el corazón dolorido. Su madre estaba sentada junto a ella llorando en silencio, pero Sarah se sentía demasiado congelada para llorar.

Emma Holt había sufrido un derrame cerebral en su entrada. Sarah sabía que no se podía hacer nada, pero su mente no le permitía aceptarlo. Llamó a su madre y luego se montó en la ambulancia para llevar a la abuela al hospital. Después que su mamá llegó, les dieron la noticia: el derrame cerebral había sido fatal.

Eso había sido hace media hora, y todavía estaban sentadas allí tratando de entender bien la pérdida que habían sufrido. Una de las enfermeras se había puesto en contacto con el Pastor Bailey; él y su esposa estarían allí en cualquier momento. Sarah sabía que su madre no podía llevarlas a casa en su estado; los Baileys las llevarían.

Sarah puso sus manos en su cabeza. Ella no había podido llorar, pero sabía que lo haría. Ella solo se sostuvo la cabeza y se golpeó a sí misma. Debería haber hecho que su abuela le dejara la basura a ella. Ella no debería haberlo permitido. Ella debió haberlo hecho primero. En su mente, todo fue su culpa.

"¿Amelia? ¿Sarah? Las dos levantaron la vista inmediatamente para ver al pastor y a su esposa frente a ellas con expresión de sorpresa en sus rostros. Miriam Bailey había estado llorando y su esposo parecía afligido.

Sarah se levantó y corrió hacia la mujer, casi cayendo en sus brazos. Las lágrimas comenzaron a fluir libremente de sus ojos, como si la presencia de la pareja que había sido tan buena amiga de Emma Holt la hubiera sacado de su trance.

"Llora, querida", susurró Miriam mientras acariciaba el cabello rubio de la niña de quince años. "Dios sabe. Está bien. Desahógate".

Sarah lo hizo Lloró sin parar durante los siguientes veinte minutos, mucho después de que el pastor se sentara al lado de su madre y la rodeara con un abrazo de consuelo. Perdió completamente el contacto con su entorno hasta que, finalmente, miró a los ojos llenos de lágrimas de Miriam y dijo: "Fue mi culpa. No debí haber dejado que ella tirara la basura. Fue mi culpa".

"¡Sarah, no!", la mujer respondió suavemente. "Recuerda, todos nuestros días están en el libro del Señor. Su tiempo había llegado, cariño. Su tiempo había llegado".

Miriam condujo a la niña hasta donde su esposo estaba sentado con Amelia Hathaway, quien estaba secando sus lágrimas con un pañuelo de papel de una caja en su regazo. Sarah se acercó y se llevó una par de pañuelos y se limpió la nariz.

"Me gustaría orar con ustedes dos", dijo el Pastor Bailey. "Para fuerza y gracia".

Todos se tomaron de las manos y el pastor dirigió la oración, de la cual Sarah apenas escuchó una palabra. Luego, salieron del hospital para ir a casa. La chica sabía que tendría que hacerse arreglos y, como única hija de Emma Holt, Amelia tendría que lidiar con eso.

"Me puse en contacto con Kent en el trabajo", dijo la Sra. Bailey mientras salían del estacionamiento del hospital. "Debería estar en tu casa para cuando lleguemos allí".

Kent Hathaway era el padre de Sarah. Trabajaba en dos puestos de trabajo todos los días, y mientras Sarah lo amaba entrañablemente ella apenas lo conocía, al menos no como conocía a su madre y a su abuela. Pero sabía que su madre lo necesitaría ahora.

"Gracias", dijo Amelia. "He estado en tal estado de shock durante la última hora que no he podido pensar de forma correcta".

"Eso es comprensible", respondió el pastor Bailey. "Este nunca será un momento fácil para nadie, Amelia".

Su madre se volteó y miró por la ventana y Sarah hizo lo mismo. Ella no quería hablar, y sabía que su madre tampoco. El silencio era lo mejor para ellas en este momento.

Se detuvieron en el camino de entrada a la casa de Hathaway y estacionaron detrás del automóvil de su padre. "¿Les gustaría que entremos?", Miriam preguntó.

Amelia le ofreció una débil sonrisa de gratitud y apretó suavemente el brazo de la mujer. "No, estaremos bien".

"Si necesitan algo, cualquier cosa, ¿nos lo dirás?"

Ella asintió. "Inmediatamente".

Sarah y su madre salieron del auto y entraron a su casa, donde Kent Hathaway caminaba de un lado para otro y parecía visiblemente conmocionado. Cuando entraron, él extendió sus brazos. "¿Que pasó?".

"¡Oh, Kent!". Amelia corrió hacia él, dejando caer su bolso en el suelo de la cocina. Ella se arrojó en sus brazos y comenzó a llorar una vez más.

Sarah estaba congelada junto a la puerta de la cocina, con los ojos pegados al bolso de su madre en el suelo. No creía poder moverse, así que se apoyó contra la pared y se deslizó hasta el suelo, donde comenzó a dejar que sus lágrimas volvieran a caer silenciosamente.

Estaba tan agradecida de que cosas como estas no ocurrieran todos los días; tan agradecida.

∞

Los siguientes días fueron muy difíciles para la familia Hathaway. El duelo tenía que quedar en segundo plano por todos los arreglos que su madre y su padre estaban haciendo. Sarah pasó la mayor parte del tiempo hablando con su mejor amiga. Ella y Michelle Karas se conocían prácticamente desde su nacimiento, y no había nada que ninguna hiciera por la otra. Michelle caminaba a su casa todos los días y pasaba tiempo en la habitación de Sarah como su paño de lágrimas.

La obra de Navidad fue cancelada, y los padres de Sarah la mantuvieron fuera de la escuela durante toda una semana. Michelle traía sus tareas cuando venía por la tarde, pero Sarah no tenía motivación alguna. Todo le recordaba a su abuela, incluso el álgebra.

"Michelle, ¿por qué crees que Él tuvo que llevársela?". Era la primera vez que Sarah metía la mano del Señor en estas cosas. Michelle podía notar por el tono de su voz que estaba un poco enojada con el Creador.

"Todos morimos, Sarah", respondió en voz baja. "Tu abuela está con Jesús ahora".

Sarah soltó una risa entre lágrimas. "Sí".

"¡No digas eso!". Su amiga se sentó y la miró a los ojos. "Sabes que es verdad. Si estás enojada con Él, cuéntale, pero no le des la espalda".

Esa conversación se quedó con Sarah el resto de la semana, y para cuando el momento del funeral llegó y terminó, ella estuvo de acuerdo con las palabras de su amiga. No sería bueno enojarse con Dios. Oró por ello, y para el momento en que regresó a la escuela el lunes siguiente, se había recuperado bastante bien. Con la excepción de su corazón roto, por supuesto.

Ella viviría, pero no quería volver a pasar por esas circunstancias en un futuro cercano.

CAPÍTULO 3

Sarah había sido criada en la iglesia, desde que lo podía recordar, asistía a grupos de jóvenes y a reuniones de oración. Si uno de la congregación se enfermaba o fallecía alguien, no era inusual que los miembros de la familia de la iglesia rodearan a la persona o familia con sus manos, mientras imploraban al Señor Dios que actuara en nombre de esa persona o de su familia. Hasta la muerte de su abuela Holt, Sarah nunca había cuestionado nada sobre su vida.

Para ella, 'Dios y Sus milagros' eran tan reales como alguien parado frente a ella.

Pero la reciente situación y la muerte de su abuela la enviaron a una espiral espiritual que ella no sabía que podría experimentar. Durante los primeros tres meses posteriores a la muerte de la abuela Holt, mantuvo sus sentimientos de enojo y duda hacia su Creador. Por enojo, incluso lo maldijo cuando estaba sola, y aunque le asustaba hacerlo, sintió como si no sobreviviría si no dejaba que esta deidad invisible conociera sus verdaderos sentimientos.

Su mejor amiga, Michelle, mantuvo a Sarah en sus oraciones constantemente después de la muerte de Emma Holt, al igual que el resto de la iglesia. Sarah no hizo ningún esfuerzo por ocultar sus sentimientos de traición y furia; al menos, no lo hizo en los primeros meses después de la tragedia.

Poco a poco, Sarah comenzó a dejar ir las cosas. Michelle había estado en lo cierto: Toda persona muere. Con el paso del tiempo, Sarah incluso se dio cuenta de lo egoísta que era esperar que el Dios del universo permitiera que su abuela fuera la única persona en la historia del mundo que fuera inmortal.

No, ella sabía que no podía seguir así.

Si bien había evitado la tumba de su abuela al principio, comenzó a dejar de ser tan dura, y eso probablemente jugó un papel importante en su regreso a la normalidad. El hielo en su alma se derritió, lenta pero seguramente, y para el siguiente mes de abril, el dolor de la partida de Emma Holt comenzó a desvanecerse, poco a poco, un poco a la vez.

La segunda influencia en su camino hacia la recuperación fue su perro. Mitzi era un Collie de la Frontera que era tan inteligente como un ser humano, y mucho, mucho más devoto y leal. Durante las largas noches en las que Sara no podía dormir o se despertaba con su cuerpo lleno de sudor y la cara cubierta de lágrimas, ella abría los ojos y Mitzi estaba allí. La mascota secaba sus lágrimas y acariciaba el cuello de la niña hasta que pudiera reconocer la realidad.

Sarah amaba a Mitzy más de lo que le gustaban muchos seres humanos, y estaba agradecida sin medida por la compañía y la compasión que su mascota le daba.

∞

En una fresca y cálida mañana de primavera a principios de mes, Sarah amarró a su amorosa perra y caminó con ella hasta la casa de Michelle para una larga charla y unas sinceras disculpas. Hasta esa mañana, Sarah había estado muy involucrada; su dolor no se detuvo, y había odiado a su amiga de toda la vida más de una vez. Pero sabía que la chica había continuado sus oraciones firmes, y también sabía que tendría que decirle a Michelle cuánto lamentaba su comportamiento.

Admitir esto pasó casi de la noche a la mañana. Por qué, justo el día antes haber pensado que seguramente no sobreviviría a su tragedia con vida, pero cuando despertó esta mañana, y sintió el sol brillando a través de la rendija en las cortinas besando su rostro, sintió esperanza. Se sintió con energía y comenzó a ver la luz al final del túnel.

Entonces, Sarah caminó con Mitzi, tarareando sola y disfrutando del sol. Después de unos diez minutos ella se detuvo. Se detuvo al final de la larga acera que terminaba en la puerta principal de Michelle Karas y reflexionó sobre sus palabras. No era como si esta fuera la primera vez que las dos habían estado juntas desde la muerte de su abuela. No, todo lo contrario. Michelle acababa de visitarla en su casa ayer y tomó a Sarah de las manos y oró por su perseverancia.

Pero era la primera vez en mucho tiempo que se sentía lo suficientemente bien como para superar el dolor, y no sabía cómo expresarlo con sus palabras. Finalmente, después de solo un par de minutos, Sarah se encogió de hombros con frustración y comenzó a caminar por la acera hacia la casa.

Ella ni siquiera había llegado a la puerta cuando se abrió de golpe. Ahí estaba Michelle con pantalones vaqueros Capri y una camiseta rosa que decía 'Paradise Church of Christ... Apoya nuestras Misiones'. Ella estaba sonriendo y algo sonrojada, como si estuviera emocionada.

"¡Sarah!", su amiga dijo mientras salía al porche y cerraba la puerta principal. "Ha... ha pasado un tiempo desde la última vez que viniste aquí. ¿Cómo estás hoy?"

Sarah sonrió y miró sus pies. Ella comenzó a empujar una pequeña roca con la punta de sus sandalias. "En realidad, estoy bastante bien", respondió ella. "Tal vez sea el sol".

Michelle se acercó a ella rápidamente y le dio un abrazo afectuoso a su amiga antes de retroceder y mirar a Sarah. "No", dijo la niña. "Creo que el Señor te sacó de esto. Sabía que Él lo haría. ¡Lo sabía!". Ella la abrazó de nuevo con entusiasmo. "¿Quieres entrar?".

"En realidad, pensé que si no estuvieras haciendo algo, podrías caminar conmigo y con Mitzi hasta Holy Cross Park. No he jugado mucho con ella". Ella sostuvo la pelota de tenis verde favorita de Mitzi. "Es hora, creo".

La sonrisa de Michelle fue más notable. "¡Por supuesto! Déjame decirle a mi madre y ponerme unos zapatos, ¿está bien?

Sarah asintió y Michelle entró a la casa. Ella miró alrededor del patio de su amiga y sonrió solo un poco. Sí, esto era justo lo que ella necesitaba hacer. Necesitaba agarrarse de las trenzas de sus botas y obligarse a retomar su vida una vez más, justo como le gustaba decir a la abuela Holt.

La puerta de la casa se abrió después de poco menos de un minuto y Michelle reapareció, rebotando por los escalones de la entrada. Su madre estaba en la puerta detrás de ella, con una sonrisa amorosa en su rostro. Ella estaba secando sus manos con un paño de cocina.

"Te ves maravillosa, Sarah", dijo. "Ven aquí y dame un abrazo antes de que las dos se vayan".

Sarah entregó la correa de Mitzi a Michelle y tímidamente subió los tres escalones del porche. Carol

Karas la abrazó cálidamente como si fuera su propia hija, luego la apartó un poco con los brazos extendidos y la miró a los ojos. "Te hemos extrañado, querida".

"Yo también, señora Karas", dijo Sarah.

Ahora la mujer dio un paso atrás en un gesto que decía, "ustedes dos váyanse rápido". Agitó sus manos para decirles que se fueran. "Diviértanse, chicas".

"Lo haremos, mamá", dijo Michelle, y las dos chicas se dirigieron a la acera con Mitzi.

Holy Cross Park estaba a solo un par de cuadras de la casa de Michelle, por lo que las chicas caminaban a paso lento. No hubo prisa; era sábado, después de todo, y tanto la madre de Sarah como la señora Karas estaban tan contentas de que Sarah saliera que no ofrecieron restricciones ni quejas.

"Entonces, estás mejor", observó Michelle. ¿Qué hay diferente?

Sarah se encogió de hombros un poco. "No lo sé. Me desperté y el sol brillaba y las cosas parecían... diferentes". Ella miró a su amiga y sonrió. "Solo pensé que eran todas las oraciones, ¿sabes?".

—"¿Ves?", Michelle respondió. "Dios sabe. Él es paciente y te dio el tiempo que necesitabas".

Llegaron al parque y se dirigieron al cercado de tela metálica que servía como área para perros. Sarah se alegró de ver que no había otras mascotas allí, solo algunos niños pequeños y sus madres. Ella cerró la puerta de la pista para perros y le quitó la correa a Mitzi.

"¿Quieres jugar a la pelota?", le dijo a Mitzi, agitando la pelota de tenis en el aire. "¿Mitzi quiere jugar a la pelota?". Lanzó la pequeña pelota, y Mitzi saltó tras el elusivo juguete.

Michelle se dejó caer sobre la hierba y se instaló. "El sol se siente tan bien", dijo. "Gracias por venir a buscarme".

Mitzi saltó hacia atrás con la pelota y la dejó caer a los pies de Sarah. Ella la recogió y le dio otro buen lanzamiento. "No sería lo mismo sin ti", respondió ella. "Escucha, Michelle, quiero que sepas cuánto lo siento por la forma en que te he tratado desde la muerte de mi abuela".

La chica se acostó en la hierba y bloqueó el sol con su mano para poder ver a Sarah. "¿Qué quieres decir con como me has tratado?"

"Ya sabes", continuó. "He sido un poco... grosera, y no he sido una buena amiga en absoluto, pero lo has hecho".

Entonces, la chica se sentó una vez más. "Sarah, tu abuela murió. Si me preocupara por cosas pequeñas y temporales como esa, no tendría amigos. Quiero decir, no era nada personal, y lo sabía".

Mitzi trajo la pelota otra vez, y Sarah le dio otro lanzamiento. "Gracias, pero de verdad lo siento".

23

Una vez que se dijeron las palabras, Sarah sintió como si le hubieran quitado una gran carga y se relajó en presencia de su amiga. Las dos bromearon y se rieron, y Michelle también se volteó lanzando la pelota de Mitzi.

Sarah no había ido a la iglesia en los últimos meses; ah, ella había ido a los servicios principales, pero había evitado por completo sus clases de la escuela dominical, y ahora preguntaba por sus compañeros de clase, y Michelle estaba más que dispuesta a ayudarla.

Cuando terminó, Sarah dijo: "Regresaré a la escuela dominical mañana".

Ella esperaba que Michelle montara una gran y dramática escena para mostrarle su motivación, pero la chica simplemente dijo. "Bueno. Todos estarán tan contentos de verte".

Pasaron cuarenta y cinco minutos en el parque; entonces, Sarah volvió a poner la correa de Mitzi. "Estoy un poco hambrienta. ¿Nos vamos?".

Con la afirmación de Michelle, las dos chicas y la mascota abandonaron el parque, riendo y hablando. Michelle la invitó a almorzar y Sarah aceptó con gusto. Llamaría a su madre para decirle cuándo llegaron a casa de Michelle.

Sí, ella superaría la situación muy bien.

El domingo por la mañana llegó rápidamente, y aunque estaba un poco nerviosa, Sarah estaba deseando ver a sus amigos, y también estaba esperando los servicios.

Ese fue el segundo día del resto de la vida de Sarah Hathaway. Ella encontró la fuerza para continuar donde había quedado cuando murió la abuela Holt, y hasta volvió a encontrar su fe, aunque el hecho era que nunca la había perdido realmente. Ella había estado realmente herida y enojada porque el Dios, que a ella siempre le habían dicho que la amaba, se había llevado a su abuela, pero ahora esas emociones parecían distantes y surrealistas.

La escuela terminó el 3 de junio, y Sarah se despidió con gusto del décimo grado. Ella y Michelle se unieron a la división de c de la liga de softbol de verano de la iglesia, y la vida continuó.

∞

El segundo juego de la temporada cayó un sábado durante la tercera semana de junio, y Sarah estaba ansiosa por jugar. Estarían yendo contra las chicas episcopales de María, y tanto Sarah como Michelle esperaban ansiosamente. Durante el primer juego del año, practicamente se comieron a las chicas de la

Asamblea de Dios de José, y la confianza del equipo de Sarah se disparó. Si quedaban en el primer lugar, su equipo sería recompensado con un viaje de campamento al Parque Nacional Yosemite a finales de año, y eso sería estupendo. Hasta ahora, Sarah se sentía bastante bien acerca de sus posibilidades, incluso si solo habían jugado un juego.

"¡Sarah!". Amelia Hathaway gritó desde el pie de las escaleras. "Es necesario que comas antes de irte a jugar. ¡Es hora de moverse, chica!".

Sarah saltó de su habitación con Mitzi pisándole los talones. Ella tenía su guante de cuero en una mano; una pelota de softball estaba acurrucada ahí. Usaba su uniforme rojo y blanco de Paradise Powderpuffs, y su gorra roja estaba volteada sobre su cabeza.

Subió las escaleras de dos en dos. Podía oler tocino y huevos revueltos, y su estómago gruñó por necesidad. Su padre, Kent, estaba sentado en la mesa con el periódico abierto y una humeante taza de café frente a él. Él la miró y sonrió mientras ella se sentaba en su lugar en la mesa.

"Planificando otra victoria, ya veo", bromeó mientras su madre colocaba un vaso de leche y un plato de comida delante de su hija.

Sarah se quitó el guante y lo puso, con la pelota, al lado de su silla en el piso. "Por supuesto. No sería divertido si los equipos no pensaran en ganar".

Su padre se rió entre dientes. "Bueno, tu madre y yo vamos a una subasta en Canton, y estaremos allí la mayor parte del día, como sabes .Si no quieres preocuparte de que Mitzi necesite salir, es posible que quieras llevarla y ponerla en la pista de perros en el parque".

Sarah miró a su Collie de ojos marrones y sonrió cuando la perra golpeó su cola contra el suelo. Miró a Sarah con ojos suplicantes, como diciendo '¡Por favor llévame!'

"No lo quisiera de otra manera", respondió ella. "Bueno, Mitzi, parece que tienes que prepararte para pasar el día".

Amelia Hathaway dijo: "Voy a empacar una bolsa de croquetas y un par de golosinas. Te aseguras de que ella tome suficiente agua".

Sarah asintió mientras masticaba un bocado de comida, luego tragó y respondió. "Hay una zanja de agua para los perros en la pista. Ella estará bien". Miró a Mitzi y dijo en su mejor voz de bebé, "¿Quieres ir, no? ¡Sí quieres!".

El desayuno fue bastante rápido, ya que Sarah no perdió tiempo en comerse toda su comida. Estaba ansiosa por ir al parque y calentarse. Se limpió la boca con la servilleta y se levantó. "Mejor me voy. Me detengo para buscar a Michelle en el camino, y no será buena idea llegar tarde al juego".

"La comida para perros está en tu bolso", dijo su madre. "Estarás en casa antes que nosotros, así que tendrás que preparar tu almuerzo. Hay pizzas congeladas. Eso te premitirá sobrevivir un rato".

Sarah le dio a sus padres un abrazo y un beso, luego le puso la correa a Mitzi antes de ponerse el bolso sobre su hombro. "¡Me voy de aquí!".

El día era hermoso, con un radiante sol y un cielo azul claro. Las flores habían brotado brillantemente en todos los macizos de flores del vecindario. "¿Qué piensas de este día, pequeña? No creo que pueda ser más perfecto". Mitzi ladró en respuesta.

Sarah sostenía su correa en su mano izquierda, y ella llevaba su guante de béisbol a la derecha, con su pelota de béisbol en el bolsillo. Mientras caminaba, ella le habló a su perra, quien siempre respondía justo a tiempo, y con cada ladrido, Sara arrojaba la pelota al aire y la agarraba con el guante. Miró a ambos lados antes de cruzar la siguiente intersección; La casa de Michelle estaba a tres casas del otro lado de la calle. Cuando llegó al otro lado, le dijo al perro: "¡Casi llegamos, pequeña! Casi casi".

Mitzi dio otro ladrido emocionado mientras se acercaban al final de la acera delantera de Michelle. Sarah le dio a la pelota una última sacudida en el aire, y no fue hasta que intentó atraparlo que se dio cuenta de que su lanzamiento perdió su curso. Sin darse cuenta, soltó la correa de Mitzi lo suficiente como para lanzar la pelota para que ella la atrapara, pero falló.

La pelota golpeó la acera directamente y rebotó una vez antes de salir a la calle. Mitzi salió a la calle a buscar, con su correa arrastrándose detrás de ella. La mascota se vio obligada a buscar cualquier pelota que estuviera por allí.

"¡Mitzi, no!". Sarah gritó bruscamente, pero ya era demasiado tarde. Lo siguiente que escuchó fue el chirrido ensordecedor de neumáticos y un suave golpe en seco, ambos seguidos por el aullido de dolor de su perra. "¡Mitzi!".

Sarah arrojó el guante al suelo y dejó caer su bolso mientras le decía a su querida mascota. Mitzi yacía inmóvil bajo el neumático del asiento delantero de una camioneta, la sangre se acumuló alrededor de su cabeza, lo cual Sarah no podía ver. Luego se dio cuenta de que la cabeza del perro estaba aplastada debajo del neumático delantero.

"¡No! ¡Ay, Mitzi!".

Cayó de rodillas con sollozos junto a su animal. Las lágrimas cegaron sus ojos, y ni siquiera notó que el conductor de la camioneta estaba parado al lado de donde estaba arrodillada, con la cabeza enterrada al lado de la perra. Mitzi no estaba respirando.

"Yo... yo... lo siento mucho", dijo el joven con los ojos muy abiertos y doloridos. "Vino de la nada. Lo siento mucho".

Sarah comenzó a sacudir a su perro. "¡Mitzi, despierta!". Entonces se volvió hacia el conductor, histérica. "¡Tu neumático está en su cabeza! ¡Está EN SU CABEZA!".

El conductor regresó al camión para respaldarlo justo cuando Michelle venía corriendo. "¡Ay mi señor!". Se arrodilló junto a su mejor amiga, que no estaba consciente de su presencia.

La camioneta retrocedió un par de pies finalmente para revelar a la Collie ensangrentada .Su cabeza estaba aplastada, y un ojo colgaba de su cabeza, como algo de un mal sueño.

De repente, sintió que su mundo se venía abajo y Sarah Hathaway se desmayó en la calle.

CAPÍTULO 4

Sarah se despertó con un sobresalto y se sentó derecha. La habitación en la que estaba era muy oscura, y solo después de que sus ojos se acostumbraron a la luz de la luna que entraba por la ventana, se dio cuenta de que estaba en su propia habitación. ¿Cómo llegó allí? ¿Ganaron el juego de softbol? Ni siquiera podía recordar jugar.

Ella miró el despertador en su mesita de noche. Eran las diez y media de la noche. ¿Había estado soñando que tenía un juego al que ir? Sarah luchó para alinear sus pensamientos con la realidad, y fue entonces cuando todo volvió a ella, como una avalancha de heridas en el pecho y el estómago.

Mitzi...

Sintió un vacío en su estómago y rápidamente balanceó sus piernas sobre el costado de su cama. Sarah se sintió vencida por el vértigo; el calor atravesó su cuerpo y sus manos comenzaron a temblar violentamente. ¿Qué sucede?

"¡Mamá! ¡Papá! ella gritó. "¡Alguien!"

Sarah oyó unos pasos que atravesaban el pasillo en medio de su confusión La puerta del dormitorio se abrió y la luz inundó su habitación. Su madre y su padre estaban de pie en la puerta, con expresiones de dolor en sus caras.

Su madre corrió hacia ella y se sentó en la cama. Ella tomó a su hija en sus brazos. "Estoy aquí mi bebé. Mamá está aquí".

"¿Dónde está Mitzi?", preguntó, mirando a la cara de su madre.

Amelia miró a su marido mientras luchaba con sus palabras. Kent dio un paso hacia la habitación y se acercó a ellas. Luego se arrodilló ante su hija y le dijo: "Deberías recostarte, Sarah".

Sarah se volvió hacia él, con los ojos brillantes. "¿Dónde está Mitzi?".

Kent suspiró trabajosamente y miró hacia el piso. "Ella tuvo un accidente. ¿Te acuerdas?".

Sarah asintió. "¿Pero dónde está ella, papá?".

"Ella se ha ido, cariño. Tuvimos que enterrarla". Las lágrimas brotaron de sus ojos mientras continuaba. "Hice una buena lápida para su tumba. Puedes visitarla mañana, si quieres".

Ahora Sarah comenzó a luchar contra el abrazo de su madre. Ella se apartó violentamente y se levantó para poder enfrentarlos a los dos. "No. Estás mintiendo". Su voz estaba terriblemente quieta y controlada.

Ninguno de los Hathaway respondió a su hija; simplemente sostuvieron su mirada mientras su mente luchaba por cubrir la verdad. Después de solo unos minutos, la chica se desplomó en el suelo con grandes sollozos. Kent y Amelia se sentaron en el suelo en silencio para darle el apoyo que necesitaba.

Después de unos diez minutos, Sarah se detuvo un poco y tomó aliento ya cansada. Por lo tanto, ahora Dios consideró oportuno llevarse también a Mitzi. Este Dios no era como a ella le habían enseñado. Era cruel y frío, jugando trucos dolorosos para su propia diversión. No sabía si podría soportar ser su bufona por mucho tiempo.

"¿Dónde está enterrada?", —preguntó en voz baja.

Kent se aclaró la garganta y le apretó el hombro suavemente. "Ella ya está fuera. Puedes ver dónde mañana después de la iglesia si quieres, pero por ahora tienes que volver a la cama, cariño".

Sarah se puso de pie de un salto, tropezó por estar mareada y luego recuperó el equilibrio. "¿Iglesia? ¡Já! No iré a la iglesia". Ella tropezó nuevamente y su madre tuvo que agarrarla para evitar que se cayera. "¿Por qué estoy tan mareada?".

Su madre la guió a su cama y la ayudó a sentarse. "Dr. Martin tuvo que darte algo para tus nervios, cariño. Estabas histérica y necesitabas ayuda para calmarte. Dijo que te marearías cuando despertaras".

"Quiero ver su tumba ahora".

"Sarah, necesitas...", comenzó Kent.

"¡Ahora!".

La cara de Kent se quedó paralizada mientras Amelia le decía: "Tal vez no le haría mal, cariño".

Se volvió hacia su esposa. "¿Qué, y tienes que llamar al Dr. Martin aquí para tranquilizarla de nuevo? No", dijo mientras se volvía hacia su hija. "Esperarás hasta la mañana, ya sea que vayas a la iglesia o no". Con eso salió de la habitación para dejar a las dos solas, cerrando la puerta suavemente.

Sarah y su madre se sentaron en silencio por un momento. Después de unos momentos, la chica se recostó en la cama y permitió que Amelia le cubriera con las mantas. Los ojos de Sarah estaban fríos y enojados.

"Cariño, está bien enojarse con Dios", comenzó, "pero no dejes que tu ira te mantenga alejada de Él". Él sabe que estás enojada, y Él sabe cómo te sientes".

Sarah le lanzó a su madre una mirada de furia. "Ni siquiera quiero pensar en Él".

"Está bien", concluyó Amelia. "Pero, para esta noche, necesitas descansar un poco más". Quizás tengas una nueva perspectiva en la mañana, ¿está bien?

Sarah no respondió, y Amelia lanzó sus manos en el aire mentalmente. Se inclinó sobre su hija y le besó la mejilla. "Voy a dejarte estar a solas. Llámame si me necesitas".

La mujer salió de la habitación para reunirse con su marido, apagando la luz. Sarah estaba acostada en su cama en la oscuridad, y ella estaba muy enojada. Entonces, sus padres esperaban que continuara en la iglesia, la casa del Dios que la estaba traicionando, como si nada hubiera sucedido, como si no hubiera hecho nada .No, ella no lo haría.

Pero ella sabía que no pasaría mucho tiempo. Harían que regresara por su propio bien, para actuar apropiadamente en su relación con Él. Ella ya sabía, y su padre puede incluso podía obligarla a ir por la mañana.

Finalmente comenzó a quedarse dormida, y lo último que pensó fue: "Tengo que fingir mucho".

∞

Sarah Jean Hathaway sabía que había un Dios, o al menos ella pensó que sí.

El hecho era que ella no estaba lista para olvidarlo por completo. Después de todo, ella había sido criada en la iglesia. Si Él no fuera real, ¿cómo podría ella estar enojada con Él? No, Él era real, y Sarah estaba enojada, pero su enojo comenzó a desvanecerse una vez más.

Como a Michelle le gustaba decir, todos mueren.

Sorprendentemente, ella comenzó a sanar por la pérdida de Mitzi mucho más rápido que cuando su abuela falleció, y eso la sorprendió. Sin embargo, su enojo y desilusión en el Señor todavía estaban allí. Ella asistía a la iglesia todos los domingos a regañadientes, y tenía dudas que flotaban en su mente y que retaban su sentido de la razón, pero tener a Michelle Karas como amiga realmente la ayudó, tanto espiritual como emocionalmente. Estaba contenta de tener una mejor amiga como Michelle.

Entonces el verano continuó. Incluso con su equipo de softbol perdiendo el segundo juego después de la muerte de Mitzi, aún así se llevaron el trofeo regional. Las dos chicas participaron juntas, gracias a la motivación que le brindó Michelle, y hacia finales de julio, Sarah descubrió que el juego ponía su enfoque lejos de su corazón roto.

Mientras ella iba a la iglesia, Sara aún dudaba, pero continuó leyendo su Biblia y orando. Michelle y ella incluso orarían juntas cuando estaban solas, y eso también ayudó. Una vez más, el dolor se desvaneció y supo que lo lograría.

∞

Un sábado a finales de julio, después de que la liga de softball había terminado, Sarah y Michelle decidieron ir a hacer espeleología en las cuevas a las afueras de la ciudad. Las cuevas estaban a solo dos millas de la ciudad, y las chicas decidieron empacar almuerzos y montar sus bicicletas. Las dos estaban ansiosas de que sus padres les permitieran estudiar para obtener sus licencias de conducir el año siguiente, pero mientras tanto, disfrutarían de lo que tenían.

Planearon la salida por tres semanas. Querían hacerlo la semana posterior al juego de softbol del campeonato, que ganó Paradise Powderpuffs .Sería una especie de celebración, y las dos esperaban tener un momento de calidad a solas.

Sarah no había hablado con Michelle durante gran parte de la semana, pero no pensó nada al respecto. Sabía que su amiga trabajaba como voluntaria en un asilo de ancianos local a menudo, así que cuando no llamaba, Sarah simplemente asumía que estaba trabajando. El viernes por la noche llamó a Michelle solo para asegurarse de que sus planes aún seguían en pie, y Michelle le aseguró que sí. Acordaron reunirse en Holy Cross Park y viajar a las cuevas desde allí.

∞

Era sábado por la mañana, y Sarah estaba lista para partir, su almuerzo lleno y sus neumáticos llenos de aire. Iba a ser un gran día.

Tal como estaba planeado, las dos chicas se encontraron y se dirigieron a las cuevas. Charlaron en el camino, pero Sarah sintió que una vibra extraña por parte de su amiga. Ella no participó en la conversación de la manera que solía hacerlo. Si Sarah decía una broma, Michelle apenas se reía. Su amiga exudaba una tensión tangible.

Cuando llegaron a las cuevas, encadenaron sus bicicletas a un árbol en la entrada del parque y comenzaron su caminata. Estaba soleado, y había una ligera brisa que parecía alejar el calor de ellas. Sarah amaba las cuevas, y estaba ansiosa por explorar, incluso si ya lo habían hecho cincuenta veces antes. A Michelle también le gustaban, pero hoy ella no era ella misma.

Las chicas tenían una rutina. Explorarían las cuevas más pequeñas hacia el frente del parque, luego se detendrían a almorzar antes de llegar a las dos últimas cuevas, que eran las más grandes y las más divertidas. Cuando estaban listas para almorzar, Sarah se sintió frustrada. Era hora de confrontar a su amiga con respecto a su estado de ánimo.

Encontraron una mesa de picnic y comenzaron a desempacar sus almuerzos. Cuando Sarah terminó, ella tomó una lata de refresco y dijo: "Michelle, ¿qué te pasa hoy?"

Su amiga la miró y Sarah pudo ver que estaba luchando. "Dime".

Las lágrimas comenzaron a caer en la cara de Michelle de repente. "Mi padre fue despedido esta semana", dijo una vez que recuperó el aliento.

Sarah inmediatamente se acercó para consolar a su amiga que lloraba. "¡Oh no!", ella respondió. "¿Que pasó?".

"No fue nada que él hizo", dijo Michelle. "Rickson Securities despidió a un grupo de trabajadores de esta zona".

Sarah comenzó a acariciar el brazo de su amiga. "Lo siento. Encontrará algo pronto, lo sé. Tal vez mi padre pueda llevarlo al laboratorio, o tal vez a la planta de empaque donde trabaja de noche".

Michelle miró su comida, evitando los ojos de Sarah. Fingió preparar la carne y el queso en su sándwich, pero Sarah vio que el sándwich seguía igual. Finalmente, Michelle habló en voz baja.

"Bueno, eso no va a funcionar, ya ves".

Sarah frunció el ceño. "¿Qué quieres decir? Tu papá y tu mamá tienen facturas que pagar, al igual que mis padres. Ciertamente no le vendría mal".

Ahora Michelle la miró a los ojos. "Él ya tiene un trabajo. Todavía está con Rickson Securities, y es una posición diferente; paga mucho más".

La cara de Sarah se iluminó. "Eso es genial. Mira, no hay problema, Michelle. Todo estará bien".

Michelle se puso de pie y comenzó a pasearse frente a su amiga, olvidando su almuerzo. "La nueva posición está en la sede. En California".

La sonrisa cayó de la cara de Sarah de inmediato. "¿Quieres decir que te vas a mudar?".

Su amiga se detuvo y la miró, asintiendo con la cabeza lentamente. "No quiero alejarme, Sarah. Quiero decir, he vivido aquí toda mi vida, pero simplemente no tengo otra opción".

El corazón de Sarah latía con fuerza en su pecho. ¿Michelle se va? Se sentía tan mal que quería vomitar.

"Podemos orar", Michelle finalmente dijo. "Podemos pedirle a Dios que le traiga un trabajo que sea tan bueno como el de California. Dios no nos separará, sé que no lo hará".

Las lágrimas brotaban de los ojos de Michelle, y las de Sarah se estaban encharcando en sus propios ojos. "Sí, tal vez eso funcione", respondió Sarah. "Deberíamos orar todos los días hasta la mudanza. Quizás Dios intervenga. ¿Podemos orar en este momento?"

Sarah asintió y Michelle volvió a sentarse. Las dos chicas se tomaron de la mano, y con la cabeza inclinada y los ojos cerrados, empezaron a pedirle al Dios del universo que interviniera en sus nombres, para darles un empleo lucrativo a Carol, Rick Karas o a ambos, para poder quedarse en Paradise.

Durante la semana siguiente, las dos chicas oraron con furia. Oraban todas las mañanas por teléfono juntas. Oraban por la tarde en Holy Cross Park después del almuerzo. Oraban nuevamente por teléfono antes de acostarse por la noche, y después de que colgaron, Sarah oraba para dormir.

Él ayudaría, Sarah se dijo a sí misma. Él encontraría la manera para que las chicas permanecieran juntas. Pero no importaba cuántas veces se lo decía a sí misma, esa gran duda continuaba inundando su alma, y sabía en lo más profundo de su corazón que Él no haría nada. Ella simplemente se negó a renunciar.

∞

El viernes siguiente, el día antes de que Michelle y su familia planearan partir hacia California, llegó demasiado rápido. Ambas chicas pasaron toda la semana nerviosas, esperando, deseando y esperando que el Dios al que habían venerado toda su vida bajara repentinamente y agitara una varita mágica y '¡Poof!' Rick Karas tendría un trabajo.

Para el miércoles, realmente comenzaron a sudar, y el viernes por la noche, ambas estaban hablando por teléfono en sus respectivas habitaciones llorando histéricamente. No pasó nada; ninguna salvación bajó del cielo. La familia Karas había empacado todo, y se irían a las siete de la mañana siguiente, dejando que su casa fuera vendida por Paradise Real Estate.

Pasaron tanto tiempo juntas esa semana como pudieron .Le habían preguntado a sus padres si Michelle podría quedarse a pasar la noche con Sarah, dándoles más tiempo juntas, y recibieron permiso. Michelle terminó quedándose con Sarah el martes por la noche, pero el tiempo de calidad resultó en nada más que una mayor tristeza y una sensación de pérdida más intensa para ambas. Se mantuvieron fieles a las llamadas telefónicas durante el resto de la semana por sus oraciones y tiempo juntas.

La mañana en que se iban, Sarah se despertó a las cinco menos cuarto de la madrugada. No tenía apetito, así que se vistió rápidamente y dejó una nota para sus padres diciéndoles que iba a salir para ver a Michelle y su familia. Salió para encontrar cielos nublados y llovizna, y eso la hizo sentir más miserable que nunca.

Los adioses entre ellos fueron rígidos y dolorosos. Michelle le dejó su nueva dirección a Sarah para que se pudieran escribir, y prometió llamar con su nuevo número tan pronto como su teléfono estuviera conectado. Se abrazaron y lloraron y se abrazaron un poco más. Finalmente, Michelle y su hermano menor subieron a la minivan de su madre y se fueron. Sarah se paró en la lluvia agitando diciendo adiós con su mano mientras sus lágrimas caían y se mezclaban con las gotas de agua en su rostro.

Cuando finalmente se perdieron de vista, Sarah Jean Hathaway alzó la vista hacia el cielo con una sonrisa burlona. "Realmente no sé cuánto más de esto pueda aguantar, Dios".

Con eso, ella caminó a casa.

R.W.K. Clark

CAPÍTULO 5

Con septiembre llegaron dos eventos: el decimosexto cumpleaños de Sarah y el comienzo de su penúltimo año en la escuela secundaria. Como el tiempo siempre le demostró, el dolor agudo por la mudanza de Michelle se alivió; sin embargo, estaba un poco aprensiva sobre cómo sería regresar a la escuela sin su mejor amiga. Una melancolía agridulce parecía seguirla a donde quiera que fuera, e independientemente de lo que ella hiciera.

Entonces, Sarah lo solucionó al sumergirse en la escuela. Se convirtió en una porrista y comenzó a dar clases a otros niños. Ella se unió al periódico de la escuela y se postuló para ser presidente del cuerpo estudiantil, un puesto que no recibió. A ella no le importaba; lo hizo solo para mantener su mente alejada de su dolor.

Con el comienzo del año escolar, se volvió muy retraída. La chica que una vez había sido la vida de la fiesta de repente no tenía ningún deseo de tener atención, o incluso socializar. Los muchachos la invitaron a salir, pero ella no tenía ningún deseo de aceptar. ¿Con quién hablaría sobre sus citas? ¿Con su madre y padre? No, ella simplemente agradecería cortésmente a los jóvenes y declinaría.

Ese año decidió estudiar en la universidad: quería ser veterinaria, principalmente en honor de Mitzi. Comenzó a tomar clases que apoyarían sus objetivos, y descubrió que la carga adicional de los estudios actuaba como un tranquilizante.

Sarah sabía en el fondo que nunca volvería a ser la misma.

La segunda semana de octubre fue muy ocupada para ella. Ella tomó el puesto de editora para el periódico de su clase, y se enfocó en ser la mejor editora que pudiera ser. Ella comenzó una serie de artículos sobre los vínculos entre los deportes de la escuela secundaria y las lesiones cerebrales traumáticas, y la investigación y las entrevistas tomaron gran parte de su tiempo libre. A pesar de todo, en general, pensó que había encontrado formas de sobrevivir al constante dolor y la confusión interna que sentía.

El 15 de octubre, Sarah terminó su trabajo temprano en la escuela, y se dirigió a casa. Por lo general, se ofrecía a quedarse y ayudar a otros estudiantes solo para tener compañía y evitar pensar demasiado, pero ese día se sintió muy, muy cansada. La idea de quedarse por más tiempo la abrumaba, así que guardó sus libros en su mochila y se dirigió a su casa.

∞

"Mamá ¿Papá? Estoy en casa", gritó Sarah mientras hojeaba el correo en el vestíbulo. Todavía no hay carta de Michelle. Ella negó con la cabeza y arrojó la pequeña pila de sobres sobre la mesa.

"¿Hay alguién aquí?".

No recibió respuesta, así que se dirigió a la cocina para tomar un refrigerio. En la mesa estaban sentados su madre y su padre. "¿No me oyeron cuando entré?"

Kent Hathaway asintió con la cabeza, así que cambió su mirada hacia su madre. Los ojos de la mujer estaban bordeados de rojo, y era obvio que había estado llorando.

"¿Estás bien, mamá? ¿Qué esta mal?". Ella dejó caer su mochila en su silla en la mesa y se dirigió a sus padres, pero su padre la detuvo en seco.

"Sarah, deberías sentarte", dijo.

Se detuvo bruscamente y le lanzó una mirada de confusión, pero obedeció de inmediato. "¿Qué pasa?", preguntó ella mientras movía su bolso y se sentaba.

Kent se aclaró la garganta. "Tu madre y yo tenemos algo que decirte".

Inmediatamente, el corazón de Sarah dio un vuelco. Con los ojos muy abiertos, preguntó: "¿Qué? ¿Qué está pasando?".

Amelia negó con la cabeza y se miró las manos, que se retorcían en su regazo. Kent extendió la mano para consolarla y miró a su hija. "Tu madre tuvo una cita con el Dr. Martin la semana pasada, y él le pidió que se hiciera algunas pruebas en el hospital", comenzó. "Fuimos, y hoy tenemos los resultados de las pruebas. A tu madre le han diagnosticado cáncer de mama".

Sarah podía escuchar un choque de olas en su cabeza, y parecía que el suelo se caía debajo de ella. "¿Cáncer de mama?".

Kent asintió y continuó. "Sí, y está bastante avanzado".

"Entonces, ¿qué van a hacer?", ella preguntó.

"Bueno, mañana se registra para la cirugía", dijo en voz baja mientras su madre sollozaba en silencio. "Harán una doble mastectomía y con suerte eso sea suficiente".

Amelia se secó los ojos y miró a su hija. "Todo lo que podemos hacer es orar, Sarah. Espero que lo hagas; Sé lo difícil que ha sido tu relación con el Señor durante casi un año, pero esto está en sus manos".

Sarah se puso de pie. "Por supuesto, mamá. Um, ¿me pueden disculpar a mi habitación? Necesito pensar por un momento".

"Adelante, cariño", dijo su madre. "Baja cuando estés lista".

Sarah agarró su mochila y salió corriendo de la cocina y hasta su habitación. Lanzó la mochila al suelo y cerró la puerta de un golpe antes de derrumbarse en su cama. Las lágrimas comenzaron a caer libremente entonces, y ella no luchó contra ellas.

Lloró en su almohada durante veinte minutos, con su mente volando. Finalmente, ella se volteó y le habló al cielo. "Dios, sé que no he sido la chica más fácil. Solo he estado enojado, pero te necesito ahora, mi mamá te necesita ahora. Te ruego por tu misericordia".

Ella oraba y decía las mismas palabras una y otra vez, pero no le traían consuelo, y Sarah terminó llorando hasta quedarse dormida, sus labios todavía se movían. Ella durmió solo una hora.

Cuando despertó, se sintió en paz, y decidió tomar esa emoción como la forma en que Dios le aseguraba que su madre estaría bien. Ella necesitaba acercarse lo más posible a Él ahora mismo. Ella necesitaba dedicar su tiempo a la oración, tanto sola como con sus padres. Ella también haría que su clase de la escuela dominical orara.

Salió de su habitación y fue al baño, donde se lavó la cara y se cepilló el pelo, luego se dirigió a la cocina. Su padre estaba sentado solo en la mesa, con una taza de café vacía en la mano. Estaba con la mirada perdida y no la escuchó entrar.

"¿Donde está mamá?", ella preguntó.

Kent volvió a la realidad por el sonido de la voz de su hija. "Ella está acostada por un momento. Últimamente ha estado muy cansada".

Sarah se sentó a la mesa. "Necesitamos orar, papi".

Kent le dio a su hija una sonrisa de alivio. "Eso sería maravilloso, Sarah".

Los dos se tomaron de las manos y oraron con fervor durante la siguiente media hora. Cuando terminaron, Sarah le hizo saber que asistiría a la iglesia sin ningún problema, y que oraría por su madre cada vez que pudiera y con cualquier persona que se uniera a ella.

"Tenemos que practicar nuestra fe ahora, papi", le dijo con naturalidad.

El asintió. "Lo sé, mi niña. Solo tengo que decirte que estoy asustado. No de la muerte, sino de perder a tu madre".

"Estoy asustada también", le dijo. "Pero tenemos que hacer esto ahora".

Después de orar, ella se levantó y se dirigió a la cocina. "Haré la cena esta noche", dijo. "Deberíamos dejar que mamá duerma".

Pero media hora más tarde, su madre entró en la cocina, donde Sarah estaba ocupada con pollo frito. "Cariño, puedo hacerlo si quieres".

"No, mamá", respondió ella. "Lo tengo controlado. ¿Por qué no te vas con papá? Creo que él te necesita ahora".

Amelia ofreció una débil sonrisa y se giró para irse. "¿Ah, mamá?", Sarah preguntó.

"¿Si cariño?".

"¿Cuándo es tu cirugía?".

Amelia le dio una pequeña sonrisa y un leve encogimiento de hombros. "Pasado mañana", dijo, luego se fue de la cocina.

Cuando ella se fue, Sarah volvió a la comida que estaba preparando, y comenzó a orar mientras cocinaba. No perdería el tiempo, porque su madre no tenía tiempo que perder. Entonces, Dios no intervino cuando oraron para que Michelle se quedara, pero esta era una situación de vida o muerte. Si fuera un Dios de amor y misericordia, seguramente le perdonaría la vida a Amelia Hathaway.

Incluso mientras Sarah rezaba, incluso mientras lloraba en silencio durante su oración, la duda tiró de su corazón. Después de todo lo que había pasado el último año, ¿cómo podría contar con Él? Ella no sabía, pero sabía que no tenía a nadie más a quien acudir, así que no tenía otra opción.

Cuando la comida estuvo lista, la familia Hathaway se sentó y comieron juntos en silencio. La gracia que ofrecían por la comida estaba llena de solicitudes de misericordia. Cuando llegó el momento de comer, ninguno de ellos sintió hambre. Estaban llenos de tensión y ansiedad.

Estaban llenos de miedo.

∞

Dos días después, Kent y Sarah se sentaron en la sala de espera de la unidad quirúrgica del hospital. Ambos estaban nerviosos, y todo lo que podían hacer era orar a Dios e intentar tener fe. El tiempo solo diría si Dios iba a actuar o no, pero Sarah tenía muchas dudas, incluso mientras oraba con su padre.

Sarah oró en silencio principalmente, y en ese momento, ella comenzó a pactar con Dios. Trató de hacer el mejor trato que pudo con Él. Si él curaba a su madre, ella dedicaría el resto de su vida a su servicio; si él no lo hiciera, ella se lavaría las manos de esa relación.

De una vez por todas.

CAPÍTULO 6

Sarah se sentó en el tocador de su habitación mirando su reflejo cubierto de lágrimas. Su padre estaba abajo, esperando que el reverendo y la señora Bailey hicieran una visita. Su madre todavía estaba en el hospital, en recuperación postoperatoria. Habían regresado a casa solo para ducharse y comer, y mientras estaban allí, los Bailey habían llamado. Su padre se sentía aliviado de que vinieran, pero a Sarah no le importó de ninguna manera. Mientras se miraba, su mente regresó al hospital y al cirujano que había venido a hablar con ellos.

"Su esposa está en recuperación ahora", le había dicho a su padre mientras se sentaba en una silla junto a ellos. "Ella sobrevivió, pero me temo que el pronóstico no es bueno".

Tan pronto como dijo esas palabras, Sarah se había cerrado. Su padre presionó al médico para obtener más detalles. "¿Qué quieres decir con no es bueno?", Él había preguntado.

El cirujano, un hombre llamado Dr. Trask, respiró hondo. "La doble mastectomía fue exitosa, pero para ser honesto contigo, su cuerpo está plagado de cáncer. Cuando ha hecho metástasis de esta manera, hay muy poco que podamos hacer ".Su voz era tranquila, y sus ojos se llenaron de compasión, pero Sarah dudaba mucho de que la emoción fuera más allá de eso.

"¿Qué significa eso?", Kent le preguntó. "Si no hay nada que puedas hacer, entonces ¿qué estás haciendo ahora?"

Otra respiración profunda. "Todo lo que podemos hacer es mantenerla lo más cómoda posible". Recomiendo que encuentre un hospicio de calidad para que vengan y se hagan cargo. Puedo guiarte en la dirección de algunos muy buenos, si quieres".

Sarah se miró los zapatos, la ira se acumulaba dentro de ella. "¿Cuánto tiempo?", Kent preguntó.

El doctor Trask parecía avergonzado, como si incluso él estuviera disgustado con lo que estaba a punto de decir. "Un mes, tal vez dos como máximo, pero diría que no tanto, más que probable".

Sarah se levantó y se dirigió al ascensor sin decir una palabra. Ella no quería escuchar más. Pulsó el botón de abajo una y otra vez en un esfuerzo por hacer que llegara más rápido. Las lágrimas corrían por su rostro y le quemaban los ojos, pero aparte de eso, se veía calmada.

Finalmente llegó, y ella bajó al primer piso. Cuando salió, corrió hacia la entrada principal. Ella quería salir de allí, tan lejos del lugar como pudiera, y tan pronto como fuera posible. Las grandes puertas de cristal de la entrada se abrieron ante ella como por arte de magia, y continuó su camino hasta que llegó al automóvil de su padre. Casi como si fuera una señal, ella se dobló al lado de la puerta del pasajero y vomitó, vaciando completamente su estómago.

Cuando terminó, se puso de pie y se secó la boca con el dorso de la mano. Las lágrimas se habían detenido por completo, y las náuseas también habían desaparecido. Ella miró alrededor del estacionamiento; nadie estaba a su alrededor, y ella se sintió aliviada.

"Sarah"

La voz de su padre vino detrás de ella. Ella se giró y lo miró, con los ojos brillantes, y no dijo nada. Se aclaró la garganta y pateó una roca invisible.

"Tu madre todavía está en recuperación, y todavía no está completamente despierta", dijo. "Pensé que iríamos a casa a comer y a limpiar". Entonces podemos regresar y verla. ¿Estás bien?".

Ahora ella le ofreció una risa sarcástica. "¿Crees que estoy bien? ¿Qué tan bien estás?".

"Tienes razón", respondió. "Pregunta estúpida".

Sarah se sentó en el tocador que su madre había elegido para ella en la habitación que ella misma le había ayudado a decorar. Estaba mirando un reflejo que tenía los ojos de su madre, y ella quería gritar.

"Bueno, Dios", dijo simplemente. "Hazlo a tu manera".

Oyó que sonaba el timbre, y supo que los Bailey habían llegado. Eran las últimas personas que quería ver, así que se quedó en su habitación. Se recostó en la cama de espaldas a la puerta y fingió dormir; no había manera de que ella fuera a tratar con Dios, o con alguien que lo representara, nunca más.

La idea de ir a ver a su madre la hizo sentir muy mal. Sabía que tendría que hacerlo, por el bien de su madre, pero ciertamente no estaba lista en este momento. ¿Qué rayos esperaba todo el mundo de ella? Ella había soportado casi todo lo que podía soportar.

Sarah estaba agotada, física y emocionalmente. Mientras yacía en su cama maldiciendo a Dios, comenzó a dormirse, pero fue sacada de su ligero sueño por un golpe en la puerta de su habitación.

"¿Sarah? Es la Sra. Bailey. Miriam".

Sus ojos se abrieron de golpe pero ella no respondió. "Solo me preguntaba si podría hablar contigo, solo por unos minutos", insistió la Sra. Bailey.

Sarah balanceó sus piernas hacia el piso y fue a abrir la puerta. Cuando lo abrió, Miriam Bailey se quedó allí, con los ojos enrojecidos por las lágrimas. "Has tenido un año bastante malo, ¿verdad cariño?"

Sarah fingió que no había oído a la mujer. Se giró, caminó hacia su cama y se sentó. La Sra. Bailey también entró, sus ojos se fijaron en cada movimiento de Sarah.

"Solo quería saber si querías hablar", dijo Miriam. "Acerca de cualquier cosa; lo que sea".

Sarah la miró con ojos cansados y disgustados, pero no respondió. Ella simplemente sostuvo los ojos de la mujer con cansancio, como si dijera: "¿Hablas en serio?".

Por fin, Miriam desvió la mirada. "Supongo que no, ¿eh? Bueno, ¿puedo orar por ti entonces?".

"Definitivamente no".

El tono de la voz de Sarah estremeció y sorprendió a la esposa del pastor, y se mostró en su rostro. Le tomó un momento a la mujer retomar su compostura. "Sarah, sabes que Dios te ama. Él quiere ayudarte a superar esto y todo lo demás".

Ahora Sarah se rió, pero fue una risa amarga. "No necesitaría ayuda en absoluto si no hubiera quitado a cada persona o ser que amo. A mí me parece una tontería, así que gracias, pero no, gracias".

Miriam Bailey jadeó audiblemente ante el uso libre de profanidad de Sarah. "Sarah, yo...".

La chica se puso de pie y caminó hacia la puerta de su dormitorio, que ella sostuvo y mantuvo abierta. "No necesito amigos. No quiero orar. Quiero estar sola, por favor".

La Sra. Bailey se levantó y la miró solo por un momento más antes de caminar lentamente por el umbral. Se giró para mirar a la chica; quería decirle que estaría allí para ella si cambiaba de opinión, pero Sarah le cerró la puerta en la cara. Miriam escuchó el clic de la cerradura y luego el silencio.

Se dirigió al comedor donde Kent Hathaway y el pastor Bailey estaban sentados. Kent se giró para mirar a la mujer con ojos llenos de preocupación. "¿Qué dijo ella?", preguntó.

Miriam se sentó frente a su esposo. "Ella está enojada, Kent. Ella está muy enojada, y la ira está dirigida a Dios".

"¿Oraste con ella?", preguntó.

La mujer negó con la cabeza. "No. Ella no está de humor en este momento. Escucha, va a ser muy importante que seas paciente con Sarah. Ella ha pasado por un año tremendamente doloroso, como dijiste. Si la presionamos, no hará más que obligarla a alejarse más".

Kent asintió y puso su cabeza entre sus manos. Él comenzó a llorar en serio. Estaba perdiendo a su esposa; él tampoco quería perder a su hija. "¿Qué debo hacer?".

El pastor Bailey le dio una palmadita en el hombro. "Tendrás que dejarlo en las manos de Dios. Debes estar allí para ella, pero deja que Él haga el trabajo".

∞

Sarah y su padre regresaron al hospital temprano esa noche para ver a Amelia Hathaway. Cuando la llevaron al hospital parecía cansada, pero era la misma. Cuando ella entro en su habitación, esta vez, se veía diminuta y enferma. Fue sorprendente lo que la enfermedad le había quitado en tan poco tiempo.

Sarah fue la primera en abrazar y besar a su madre, luego dio un paso atrás para permitir que su padre estuviera con su esposa. Amelia Hathaway estaba terriblemente débil, tan débil que luchaba por mantener los ojos abiertos. La enfermera del mostrador les había advertido que estaba tomando altas dosis de analgésicos, y ahora Sarah podía verlo con claridad. Ella simplemente observó como el caparazón de la mujer que era su madre le hablaba a Kent.

"El doctor... dijo que no tengo mucho tiempo", susurró. "Me alegra saberlo, porque me duele mucho".

Kent acarició la mano de su esposa mientras lágrimas caían de sus ojos. "Sí, pero hoy no, Amy. Hoy no. Todavía hay tiempo".

Amelia sonrió, primero a su marido, luego a su hija. "No quiero tener más tiempo".

Era todo lo que Sarah podía soportar, y ella se volteó y salió de la habitación en silencio. Había dos enfermeras en el escritorio, por lo que se acercó al más cercano. "¿Puedes decirme dónde está la capilla?"

La mujer la miró y le ofreció una sonrisa triste. "Toma el ascensor hasta el segundo piso y ve a la izquierda cuando te bajes. Las señales te llevarán allí".

"Gracias", respondió, mientras se volteaba para ir al lugar. Se detuvo en seco y se volvió hacia la enfermera. "Si mi padre pregunta, ¿podrías decirle dónde estoy?".

"No hay problema", dijo la enfermera.

Sarah se dirigió al ascensor. Si su padre supiera que ella iba a la capilla, él la dejaría que fuera sin problemas. Estaba consciente de su enojo hacia Dios, y todo lo que él quería que ella hiciera era orar, pero ella no tenía intención de suplicarle más. No, ella iría a la capilla por otras razones.

La encontró con bastante facilidad, y giró la manilla de la sólida puerta de roble. La capilla estaba tenuemente iluminada con velas falsas, y había seis bancos acolchados en la habitación, tres a cada lado. En el frente había un altar, y ahí fue a donde se acercó.

Ella no se arrodilló; en su lugar, se paró frente al altar y miró una estatua de Jesús que estaba situada en un pequeño escenario. Estaba arrodillado, y miraba hacia el cielo con dolor en sus ojos. Sarah lo reconoció como la representación de Cristo orando en el Jardín de Getsemaní.

"Le oraste a Él para que lo hiciera, y tampoco te ayudó, ¿verdad?". Siguió mirando la estatua como esperando que respondiera. Finalmente, ella dijo: "Bueno, si Él no ayudó a Su propio Hijo, no sé por qué alguna vez pensé que Él haría cualquier cosa por mí".

Cruzó los brazos sobre su pecho y comenzó a caminar de un lado a otro delante del altar. Estaba pensando en qué decir, porque quería elegir sus palabras sabiamente. Ella estaba actuando en serio, y quería que él lo supiera.

Finalmente, se detuvo y miró hacia el techo. "Viví como querías que lo hiciera, pero no fue suficiente. Debo ser una de las peores personas en este planeta olvidado de Dios para que me castigues de la manera en que lo haces .Así que te voy a hacer un favor; Estoy cortando esta relación. No me llames, y no te llamaré".

Con eso giró sobre sus talones y se fue.

∞

Cuando regresó a la habitación de su madre, ya había fallecido. Había sido rápido y fácil, aunque su padre parecía terriblemente demacrado y deprimido. Los dos se sentaron en sillas en un salón para los visitantes, abrazándose el uno al otro. Sarah había apagado sus emociones, pero su padre necesitaba su apoyo.

"Pensé que el Dr. Trask dijo al menos un mes", dijo mientras sostenía la mano de Kent.

Él estaba llorando, y se encogió de hombros en medio de sus lágrimas. "Ella quería irse", dijo. "Creo que solo quería que le diera la señal de 'todo despejado'. Ella dijo que no quería que nos lastimáramos por eso; ella está en el Cielo donde ella está feliz y bien. Eso es todo lo que importa".

Sarah se levantó. "¿Cómo puedes comenzar a hacer que suene como si estar con Dios corrige algo? Dime, ¿de verdad crees que Él realmente se preocupa por alguien? Si Él es indiferente a nuestros problemas en la Tierra, ¿puedes decir honestamente que crees que podemos confiar en que Él nos llevará a cualquiera de nosotros al Cielo cuando muramos?".

Su padre levantó la vista hacia ella. "¡Sarah, no quiero que hables de esta manera sobre el Señor!".

Ella sonrió y sacudió la cabeza. "¿cuál Señor?", dijo ella. "Te veo en el auto".

Mientras se dirigía al estacionamiento, sintió como si hubiera tomado la mejor decisión de su vida.

CAPÍTULO 7

"Eso será catorce dólares y noventa y siete centavos, por favor". Sarah le ofreció una sonrisa a la anciana que estaba frente a ella y esperó a que ella contara el cambio apropiado. -"Gracias. Que tenga un buen día".

Ella había aceptado el trabajo en Wonder Mart para ayudar a complementar los ingresos de su padre. Desde que su madre falleció hace cuatro meses, las cosas habían sido bastante difíciles. Su papá tenía un trabajo u otro constantemente. Ella fue a la escuela y ahora había conseguido un trabajo ella misma, así que era una rara ocasión si alguna vez se veían o pasaban tiempo de calidad juntos.

Siempre tenía una sonrisa que ofrecerle cada día a los clientes. Sarah no había sentido tanta alegría en tanto tiempo que estaba casi convencida de que era un robot. No se permitió pensar en ninguna de las pérdidas que había sufrido; ella casi había estado convencida de que todas le habían sucedido a otra persona.

Se mantuvo fiel a su promesa de no volver a pisar una iglesia. Su padre todavía asistía con regularidad, pero ella no cedía su posición, sin importar la frecuencia con que tratara de hablar con ella al respecto. El pastor Bailey incluso intentó hablar con ella en un par de ocasiones, pero ambos intentos terminaron mal. Incluso tuvo que ser grosera con él para dejar clara su postura. Ella ya no iría a la iglesia. Ella estaba harta.

Miró su reloj: eran las siete y treinta. Estaba finalmente fuera del trabajo y podía salir. Estaba ansiosa de ir a casa y hacer los deberes antes de acostarse, así que cerró rápidamente su registradora y se quitó el uniforme cuando fue al descanso para buscar su bolso y su mochila en su casillero.

Fue un corto camino a casa, y llegó allí en un tiempo récord. Su padre aún no estaba en casa, así que fue a su habitación y comenzó a vaciar el contenido de su mochila. Fue entonces cuando recordó que había revisado un libro muy especial de la biblioteca ese día: 'Witches Creed' de Francis Paducci .Miró la portada y pasó su mano sobre ella, sonriendo.

Después de que su madre murió, ella había pensado mucho acerca de por qué Dios la había abandonado, y llegó a una conclusión única: ella misma estaba llena de maldad. Cuando regresó a la escuela después del funeral, los otros estudiantes comenzaron a molestarla. Se burlaban de su postura tranquila, su ropa, su maquillaje.

La mayoría de ellos eran sus viejos compañeros de la escuela dominical, y por difícil que fuera creerlo, no estaba sorprendida en absoluto.

Ella también los odiaba.

Pero la semana pasada había sido particularmente insoportable. Cuando se estaba bañando después del gimnasio, las otras chicas comenzaron a arrojarle barras de jabón, bombardeando su piel. No había escapatoria, y ella había sido humillada más allá de la imaginación. Ella se fue a casa y lloró.

Cómo podría estar sucediendo esto, pensó. Ella había ido a la escuela con los mismos chicos desde que comenzó su carrera educativa, y era difícil creer que todos se hayan puesto en contra ella como lo habían hecho. Mientras estaba acostada en su cama esa noche pensando en todo eso, ella encontró una sola solución: la brujería. Ella aprendería el arte y lanzaría maldiciones a todos.

Entonces, hoy, se detuvo en la biblioteca pública en su camino al trabajo y encontró este libro. Era simple para que ella entendiera y ofrecía una variedad de hechizos de principiante que el autor garantizó que serían simples, incluso para la bruja aspirante más joven. Ahora estaba sosteniendo el libro en sus manos. Estaba fascinada.

Sarah quitó los libros de la escuela de su cama y se sentó. Abrió 'Witches Creed' y se dirigió al primer capítulo y comenzó a leer. Para cuando ya había leído tres páginas, estuvo completamente convencida de que había elegido el camino correcto para ella. Después de todo, si Dios no quería tener nada que ver con ella, ella le prestaría atención a Satanás, si eso era lo que se necesitaba para seguir adelante.

Alguien tenía que amarla.

El primer capítulo hablabla sobre la historia de brujería. Explicó que si bien hubo quienes eligieron el camino de la brujería, también hubo quienes nacieron de él. Mientras leía, Sarah se convenció de que ella era una de las últimas, y quería aprender todo lo que pudiera sobre su herencia.

Su tarea olvidada, Sarah leyó hasta que su padre llegó a casa. Cenaron rápidamente juntos, y él se fue para el trabajo número dos. Ella lavó los platos y volvió a su habitación y a su lectura.

Poco sabía que el libro que estaba abierto ante ella iba a cambiar su vida.

∞

El timbre sonó fuerte, haciendo que Sarah saltara. Finalmente, el segundo período había terminado. Ella podría ir a la sala de estudio del tercer período y leer un poco más de 'Witches Creed'.

Recogió sus libros de texto y cuadernos, luego salió del aula y entró al pasillo lleno de estudiantes. La risa y la conversación la rodeaban, pero Sarah se mantenía apartada evitando el contacto visual con nadie.

Abrió su casillero y metió sus libros dentro, luego sacó 'Witches Creed' y lo encerró nuevamente. Ella quería usar el baño antes de la sala de estudio, así que se abría paso entre la multitud de estudiantes y se dirigía al baño de las chicas.

Había tres chicas paradas en los lavabos fumando y hablando. Cuando Sarah entró, las tres dejaron de hablar y la miraron. Entró en una cabina, y cuando se alivió, oyó que empezaban a susurrar y luego se reía a carcajadas ante alguna broma desconocida. Cuando terminó, fue a lavarse las manos y dejó el libro boca abajo en el pequeño estante debajo del espejo.

"Entonces, ¿por qué tienes que ser tan extraña, Sarah?". Giró a su izquierda para ver a una estudiante que no conocía, probablemente una estudiante de último año, mirándola y sonriendo.

Ignoró a la chica y se enjuagó el jabón de las manos, luego agarró una toalla de papel del dispensador.

"¿Me has oído?". El tono de voz de la chica había subido un poco. "¿Crees que eres demasiado buena como para darme la hora del día? Así como fuiste demasiado buena para pasar un momento con tu madre antes de morir. O era que ella sabía que eras extraña y no quería que estuvieras cerca de ella".

Sarah agarró el libro y se lo metió debajo del brazo y comenzó a salir del baño, pero la chica la alcanzó y la agarró del brazo. "¡Te estoy hablando, tonta mocosa!"

Sarah se dio la vuelta con fuego en los ojos. Las tres ya estaban alrededor de ella, y la primera, la que había hablado con Sarah, le dio un empujón. Ella tropezó un poco y cayó contra otra chica, que la empujó una vez más. Pronto estaban jugando papa caliente con su cuerpo y empujándola con golpes.

La chica que había estado hablando primero, agarró un puñado de su cabello y la arrojó al duro suelo de baldosas. La cabeza de Sarah rebotó cuando golpeó la superficie, y fue suficiente impacto para hacerle ver estrellas. La mano de Sarah fue inmediatamente a la parte posterior de su cabeza y sintió sangre caliente goteando por su cabello.

La puerta del baño se abrió de repente. "¿Qué diablos está pasando aquí?". Sarah abrió los ojos lo suficiente como para distinguir a la señora Blake, la maestra de educación física de las jovencitas. La mujer se arrodilló junto a ella para ayudarla, y cuando vio la sangre les siseó, "Todos ustedes deben ir directamente a la oficina principal y esperar allí. Voy a asegurarme de que todas ustedes sean expulsadas".

Las chicas murmuraron "Sí, señora", luego salieron del baño en silencio en una sola fila.

"Dios mío, Sarah", dijo la Sra. Blake mientras la ayudaba a levantarse. "Tenemos que llevarte a la enfermera de inmediato". Sarah no discutió; su cabeza estaba girando y su visión era borrosa. Si la señora Blake no la hubiera sostenido firmemente, seguramente no habría podido caminar.

Pronto, Sarah se encontró en el auto de la enfermera Moran con una bolsa de hielo sobre el huevo de gallina que le habían dejado en la parte posterior de la cabeza. La enfermera la estaba llevando a la sala de emergencias del Mercy General Hospital, segura de que la chica no solo tenía una conmoción cerebral, sino que también necesitaba algunos puntos. Mientras conducía, hablaba con enojo.

"No puedo creer que esto haya sucedido", dijo la enfermera Moran. "¡Espero que presentes cargos de asalto contra ese grupo de... de zorras!".

Sarah ofreció una débil sonrisa. Ella no parecía tener la energía para hablar. Lo que realmente quería era acostarse y tomar una siesta. Estuvieron en la sala de emergencias lo suficientemente pronto, y ella fue llevada rápidamente a una habitación para ver a un médico y recibir tratamiento.

Seis puntos después, le dijeron que pasaría la noche en observación. No se le permitiría tomar la siesta que tanto deseaba, y las enfermeras serían rey de ella con frecuencia. Estaba acostada en la cama en una habitación doble y tenía la televisión encendida, pero solo para escuchar el sonido. Lo que ella estaba haciendo era leer 'Witches Creed ', que estaba abierto sobre sus piernas.

"¡Oh, Sarah!". Apartó sus ojos del libro al sonido de la voz de su padre. "Acabo de recibir la llamada, así que salí del trabajo para venir de inmediato".

Kent Hathaway besó la frente de su hija. Su rostro parecía demacrado y gastado, y sus ojos estaban llenos de preocupación. "¿Quiénes eran ellas?".

"¿Quiénes eran quiénes?", Sarah preguntó a cambio.

"Las chicas que te hicieron esto. La Sra. Blake me llamó y me contó las circunstancias, pero no sabía ningún detalle sobre lo que sucedió". Él se sentó en el borde de su cama. "Entonces, ¿qué pasó?"

"Nada, Papá", dijo mientras cerraba su libro y lo veía en el carrito junto a su cama. Los ojos de Kent siguieron el libro con una ceja fruncida. "Simplemente entré al baño para usarlo y comenzaron a burlarse de mí". Las ignoré, pero comenzaron a empujarme, y bueno, aquí estoy".

Los ojos de Kent todavía estaban en el libro. "¿Qué estás leyendo, Sarah?".

Sus ojos se movieron hacia el libro, luego de vuelta a su padre. "Solo estoy investigando la historia, un trabajo que estoy haciendo sobre las brujas en Salem. Solo investigación".

Una expresión de alivio apareció en el rostro de su padre y miró a su hija. Sarah continuó. "Entonces, supongo que vas a presentar cargos contra estas chicas, ¿verdad? La señora Blake dijo que serían expulsadas, pero cree que debes involucrar a la policía".

"Eso lo empeorará, papá".

Kent negó con la cabeza. "Bueno, ciertamente sería un ejemplo para otros estudiantes, y enviaría el mensaje de que no deben meterse contigo".

Sarah volteó sus ojos y no dijo nada en respuesta. Kent la miró a la cara por un momento, pero pronto le resultó obvio que no quería hablar sobre la policía ni sobre los cargos. Tenía la cara hacia la ventana y miraba hacia el cielo. Finalmente, rompió el silencio ensordecedor en la habitación.

"Estoy seguro de que sabes que tengo que quedarme aquí toda la noche", dijo mientras se volvía hacia su padre. "No necesitas preocuparte, papá. Estaré en casa después del trabajo mañana".

Kent asintió y se inclinó para abrazar a su hija. "Supongo, entonces volveré a trabajar". Se puso de pie y fue a la puerta, abriéndola, luego se devolvió. "Sarah, si alguna vez solo quieres... hablar, sabes que estoy aquí para ti".

"Gracias papá", respondió ella. —"Te amo".

Cuando su padre se fue, ella miró hacia la cama vacía que estaba al otro lado de la habitación. Sarah estaba agradecida de estar sola. Ella quería tiempo para leer en paz. Cogió el libro y lo abrió una vez más, pero esta vez lo abrió en el apéndice y comenzó a escanear las columnas con el dedo. No, no quería presentar cargos contra las chicas del baño. Ella pensó que tenía una solución mucho mejor, una que sería mucho más efectiva al enseñarles una lección.

CAPÍTULO 8

La Biblioteca Pública de Paradise estaba tan quieta que casi se podía oír al polvo aterrizando. Sarah se puso de pie en medio de dos libreros inmensos, pero su atención estaba solo en un estante de uno de los libreros. Ella estaba sacando libros de allí, uno a la vez, y luego hojeándolos para ver si alguno contenía la información que estaba buscando.

Sarah ya había elegido dos libros; estaban puestos a sus pies para seguir mirando sin obstáculos. Encontró un tercer libro que le interesó mucho, luego se inclinó y recogió los demás, se dirigió a una mesa fuera de las estanterías y se sentó con sus hallazgos.

Iba a hacerlo, y esperaba que funcionara. Iba a lanzar su primer hechizo, e iba dirigido a aquellas que la atacaron en el baño. El primer libro contenía un hechizo que causaría la caída del cabello de las enemigas. El segundo le ofreció un hechizo que haría que sus rostros se llenaran de forúnculos, y el tercer libro contenía un hechizo que haría que les salieran verrugas por todo el cuerpo. Sarah lanzaría el tercer hechizo primero.

Revisó los libros y se dirigió a Wonder Mart para su turno. Cuando llegara a casa esa noche, se pondría a trabajar en su macabro plan. El hechizo requería una serie de cosas, pero no había un ingrediente que no pudiera tener en sus manos. Ella necesitaba moco, barro, tierra seca y baba de rana. Esta última sería la más difícil, pero ya tenía una idea: caminaría por el arroyo en el camino a casa después del trabajo. Las ranas abundaban junto al arroyo, por lo que estaba segura de conseguirla.

Su turno pasó rápidamente, y antes de que se diera cuenta, ya estaba caminando a lo largo del arroyo con su linterna. Podía oír a las ranas cantando a su alrededor. La oscuridad dificultaba el trabajo, pero después de veinte minutos, encontró lo que buscaba: una rana sentada en un árbol caído que estaba medio adentro y fuera del agua. Era grande y de vientre redondo, y Sarah atrapó al pequeño anfibio con bastante facilidad. La metió en el compartimento frontal de su mochila y se dirigió a su casa.

"¿Papi?". Sarah entró a la casa, llevando con cuidado la bolsa. "¡Estoy en casa!".

"Estoy aquí, Sarah", fue la respuesta. "Tengo que volver al trabajo. Me alegro de poder verte".

Ella le sonrió mientras entraba al comedor. "Déjame llevar mi bolso a mi habitación. Vuelvo enseguida".

Cuando entró en su habitación, sacó un pequeño acuario de su armario que había albergado a un par de camaleones cuando tenía nueve años. Luego, ella puso la rana dentro y cerró la tapa antes de irse a comer.

"¿Que tal tu día?", Sarah le preguntó a su padre mientras ponía una hamburguesa en un panecillo.

"Bien", respondió. "Pero aún falta para que termine, como ya sabes".

Ella asintió y le dio un gran mordisco a su hamburguesa. "¿Cómo se siente tu cabeza hoy?".

Sarah tragó su bocado. "He tenido un pequeño dolor de cabeza, pero nada con lo que no pueda lidiar. Me curaré rápido; lo peor de todo ya ha terminado".

Juntos, comieron y hablaron sobre el trabajo diario de Kent y el trabajo de Sarah en Wonder Mart.Kent le preguntó que cómo iba la escuela aparte del asalto y ella le contó una broma que su maestra de historia le había dicho en clase. La conversación era obligatoria y superficial, como todos los días, pero estaba agradecida de que tener a un padre con quien hablar.

Kent se fue inmediatamente después de la cena, y Sarah se ocupó de limpiar la cocina. Después, cerró con llave la puerta de entrada y comprobó la cerradura de la puerta trasera. Se aseguró de que no hubieran ventanas abiertas y de que todas las cortinas estuvieran cerradas también. Era hora de lanzar su hechizo, y no quería preocuparse de que los vecinos pudieran verla.

Sarah consiguió el tazón más grande que pudo encontrar en el armario. Luego sacó la rana de su habitación. "Dice que necesito una gran cantidad de baba de rana", se dijo a sí misma. Se preguntó cuánto sería 'mucho', así que simplemente sacó todo lo que pudo del animal y lo puso en el tazón. Luego, empezó a mezclar mientras agregaba la tierra seca y el barro. Ahora el hechizo requería moco; ella puso su propia cara sobre el tazón y se sonó la nariz mientras continuaba moviendo con su mano izquierda.

Luego, cubrió la mezcla con una toalla de papel grande. Ella puso una olla de agua con el fuego alto para que hirviera. Cuando el agua estuvo lista, ella la añadió lentamente a la poción mientras cantaba:

"Crees que soy fea,
Eres fea por dentro.
Vas lastimando a todos los demás,
Con tu tonto orgullo
Ahora verás,
Que voy a ganar
Ahora el mundo verá en tu cara,
La fealdad que por dentro llevas".

Cuando terminó, se preguntó cómo iba a averiguar si funcionaba o no. Todas las chicas habían sido expulsadas, y ella no conocía a ninguna de ellas lo suficiente como para saber dónde vivían. Ella decidió que las espiaría a través de sus cuentas de redes sociales; era perfecto.

Cuando Sarah se fue a la cama esa noche, ella durmió mejor de lo que había dormido en mucho tiempo. No podía esperar para ver los resultados de su primer hechizo, pero sobre todo, estaba ansiosa por ver sufrir a esas chicas. Se durmió con una sonrisa de satisfacción en su rostro.

∞

"¿Puedes decirme dónde está el laboratorio de ciencias?". La voz del chico distrajo a Sarah del contenido de su casillero. Cerró la puerta y se encontró con un joven muy guapo de su edad que parecía avergonzado.

"En el tercer piso al final del pasillo", respondió Sarah. "¿Eres nuevo aquí?".

"Gracias. Sí, es mi primer día ", dijo. "Soy Ryan. Ryan Morris".

Sarah sonrió y le tendió la mano. "Soy Sarah Hathaway. Mi próxima clase también está en el tercer piso. Si quieres, podemos caminar juntos".

"Eso sería genial", dijo Ryan mientras dejaba escapar un suspiro de alivio.

Ella lo acompañó al laboratorio de ciencias y luego a Escritura Creativa. Se dio cuenta de que estaba pensando en él brevemente cuando comenzó la clase; él era lindo, con cabello rubio, ojos marrones y una nariz perfecta. Ella tuvo que apartarlo de su mente solo para concentrarse en la tarea de escritura del día.

Habían pasado tres días desde que lanzó el hechizo de verruga. Ella había comprobado los resultados acechando las cuentas sociales de sus atacantes, y hasta el momento parecía que nada había sucedido, ni iba a suceder. Ella decidió que lanzaría el hechizo de ebullición, y lo haría esa noche antes de acostarse.

Ella estaba emocionada de intentar otro hechizo. Estaba segura de que cuando tuviera en sus manos el hechizo correcto en el libro correcto, podría gloriarse en su brujería. Estaba decidida a seguir con esto y a ser persistente hasta que llegara ese día.

∞

Esa noche, lanzó el segundo hechizo. Exigía una variedad de ingredientes, los cuales pudo reunir. El canto era simple, pero la poción en sí tardaba media hora en completarse. Una vez más, ella llevó a cabo los pasos, y esperó pacientemente.

Después de cuatro días acechando a las chicas en las redes sociales, se dio cuenta de que el hechizo número dos tampoco se había cumplido. Ella sintió un poco de frustración, pero era terca. Siguió con el hechizo número tres: el hechizo de pérdida de cabello.

Este hechizo probaría involucrar mucho más que una simple mezcla de pociones y canto. Ella realmente tendría que encontrar una manera de hacer que sus enemigas se lo aplicaran en sus cabezas. Debido al riesgo que eso implicaba, Sarah decidió enfocarse en una persona del grupo: la aparente líder del anillo, la chica que la había arrojado al piso.

Ella descubrió el nombre de la chica por medio de la Sra. Blake en una conversación informal. Melanie Biehl había sido una estudiante problemática durante toda la escuela, aunque nunca había agredido a nadie como lo hizo con Sarah. Ella provenía de una familia de clase media y era hija única. Este hecho resultó en que la niña fuese mimada, mezquina y mandona.

Los Biehls vivían al otro lado de Paradise. Sarah miró en la guía telefónica, que tenía publicada a una familia Biehl: Adam y Christine. Sarah no tenía dudas de que se trataba de la madre y el padre de Melanie.

Una noche después del trabajo, hizo todo lo posible por pasar cerca de la residencia de Biehl, y valió la pena. A través de una gran ventana en el frente, pudo ver claramente a Melanie. Ella había dado con el lugar correcto y con la persona correcta. Ahora solo necesitaba entrar a la casa.

A la mañana siguiente, Sarah salió temprano de la casa para ir a la escuela. Se puso gafas de sol y un sombrero de sol flexible y montó su bicicleta de regreso a la casa de Melanie. Terminó escondida en una zona boscosa al otro lado de la calle, que le daba una vista clara de la residencia.

Sarah vio a Adam Biehl partir en un automóvil de color oscuro, y diez minutos más tarde Christine y Melanie se subieron a una minivan y se marcharon también. La madre de Melanie probablemente la llevaría a la escuela en Harpersburg; era la escuela secundaria más cercana de Paradise, y dado que la niña había sido expulsada, sus padres probablemente se habían visto obligados a inscribirla allí.

Ella arrancó en su bicicleta y se dirigió a su propia escuela. Sarah no trabajó esa noche, entonces podría ir directamente a casa y hacer la poción. Pasaría por la residencia Biehl nuevamente por la mañana. Iba a entrar en la casa para agregar la poción al champú familiar. A ella no le importaba lo que les sucediera a los padres; solo quería que Melanie Biehl sufriera.

∞

Sarah se sentó en la zona boscosa detrás del mismo árbol a la mañana siguiente. Se había despertado cuando todavía estaba oscuro y se puso unos jeans oscuros y una sudadera negra. Con su poción en el bolsillo, cruzó la ciudad con la cabeza gacha; ella no quería llamar la atención con la bicicleta hoy. Quería entrar en la casa de los Biehl, poner la poción en su champú y que todo empezara a ir en la dirección correcta.

Ella no tenía la intención de ir a la escuela después. Ella iba a ir a la biblioteca pública y devolver los tres libros de pociones y ver algunos nuevos. Quería conocer tantas pociones, buenas y malas, como pudiera. Necesitaba seguir lanzando y ser tan buena como podía, y eso requeriría mucho estudio. No iba a suceder solo por arte de magia.

Independientemente del hecho de que las dos primeras pociones parecían fracasar miserablemente, Sarah tenía una sensación muy, muy buena acerca de la poción para pérdida de cabello. Solo pensarlo hizo que su corazón latiera un poco más rápido, y descubrió que apenas podía contenerse mientras esperaba los resultados. Llevaría un par de días, pero tenía una sensación pacífica de confianza sobre el resultado pendiente.

Ella esperaba ver a Melanie Biehl con la cabeza cubierta, y lo esperaba pronto.

Adam Biehl fue el primero en salir de la casa, y tal como lo habían hecho el día anterior, Christine y Melanie se fueron juntas. Sarah bajó la calle y dobló a la izquierda.

Subió por la calle que se extendía detrás de la casa de Biehl y atravesó un callejón hasta que se encontró detrás de su casa. La casa estaba rodeada por una cerca de privacidad, lo que la complacía enormemente; ella podría entrar sin llamar la atención.

Atravesó una reja de la cerca y se aseguró de que el pestillo quedara bien puesto cuando la cerró. Caminó hacia la casa y miró a través de una puerta corrediza de cristal; la casa estaba limpia y muy tranquila.

Sarah probó con la puerta corrediza, y para su sorpresa, se abrió con facilidad. Entró en la casa y cerró el control deslizante detrás de ella, luego seregresó y echó un vistazo al lugar donde vivía Melanie Biehl. Era difícil imaginar que la malvada vivía tan bien.

El comedor tenía una mesa tallada con una tope de cristal con capacidad para seis personas. Las sillas tenían respaldo alto y rodillos en los pies. A su izquierda había un bar que separaba la cocina del comedor; estaba lleno de electrodomésticos nuevos de acero inoxidable. A Sarah le pareció que los Biehls estaban un poco por encima de la clase media.

La pared frontal de la sala de estar era una enorme ventana con dibujos escalonados, a través de la cual había visto por primera vez a Melanie. Un pasillo estaba a la izquierda de la sala de estar, y había cinco puertas que Sarah podía ver. Una estaba al final y era más estrecha que las otras; supuso que era un armario de sábanas.

La primera puerta a la derecha era un dormitorio que se había convertido en una oficina. Las decoraciones eran masculinas, y una foto de Christine y Melanie estaba enmarcada en el escritorio. Recuerdos deportivos adornaban las paredes. Este era obviamente un espacio que el Sr. Biehl usaba.

La segunda puerta a la derecha era otra habitación. Carteles de estrellas pop como Kesha y Katie Perry colgaban en las paredes. El cobertor extendido en la cama individual era de color púrpura, y las almohadas estaban cubiertas con pieles falsas. Un escritorio con una computadora portátil estaba cerca de la ventana. Un soporte de televisión con una pequeña pantalla plana estaba cerca del armario, y una corneta estaba en el estante inferior.

Sarah abrió las puertas corredizas del armario. Estaba lleno con ropa y accesorios de última moda, y el suelo estaba cubierto con varios pares de zapatos. Al otro lado de la puerta del armario había un tocador que contenía todo tipo de maquillaje, esmaltes de uñas y artículos para el aseo personal, como un secador de pelo y plancha.

Buscó en el bolsillo de su sudadera con capucha y sacó la botella con la poción y una pequeña cámara inalámbrica que había comprado en Wonder Mart. Ahora miró a su alrededor otra vez hasta que sus ojos se posaron en una fila de libros en un estante colgante sobre el escritorio; perfecto.

Parada sobre la silla del escritorio, Sarah instaló la cámara. Ella podría vigilar a Melanie desde lejos, y si la poción funcionaba, lo sabría. Ella se bajó de la silla y observó su trabajo. La cámara estaba fuera de la vista.

Salió de esa habitación y entró al dormitorio principal. Tenía una cama tamaño queen, un armario a juego y un tocador que hacía juego. Dos mesillas de noche flanqueaban la cama, y todo estaba en su lugar.

Una puerta estaba entreabierta en el otro extremo de la habitación. Sarah entró y encontró un baño con sus lavabos para hombre y mujer, y un inodoro. Otra puerta se abrió para encontrar una combinación de ducha/bañera, y otra puerta aparte llevaba a otro inodoro y lavabo. Atravesó otra puerta más y se encontró en el pasillo una vez más. Los baños la habían llevado por un círculo completo.

Regresó a la ducha y abrió la puerta de cristal esmerilado. Una botella de champú Crew para hombres y una pastilla de jabón marrón que olía a loción para después del afeitado estaba en un estante. En el carrito de la ducha, que colgaba de la regadera, había una botella de Panta Dos en Uno. Eso era lo que ella estaba buscando.

Ella abrió la botella y vertió toda la solución de poción en ella. Luego entró en el segundo baño y encontró un cepillo único en un soporte de cerámica: este sería el de Melanie. Usó el mango del cepillo para remover el champú antes de volver a taparlo y ponerlo nuevamente en el carrito de la ducha. Ya había terminado.

Mientras Sarah salía de la puerta corrediza y atravesaba la reja de la cerca, sonrió sola. Ella estaba ansiosa de ver los efectos de la poción. Estaba tan feliz que incluso comenzó a tararear.

Iba a ser un buen día.

R.W.K. Clark

CAPÍTULO 9

"¿Pasas mucho tiempo aquí?". Ryan Morris había visto a Sarah sola, sentada en una mesa de la biblioteca y se acercó a ella. "Guau. Eso sonó como un intento barato para atrapar tu atención, ¿no?".

Sarah levantó la vista del libro que estaba leyendo y sonrió. "Sí, realmente sonó así".

Ryan lanzó una sonrisa tímida. "¿Te importa si me siento aquí?".

"No, en absoluto", respondió ella mientras comenzaba a mover sus cosas fuera del camino para darle espacio para poner sus cosas.

Se sentó y puso su bolso en el suelo junto a él. "¿Qué estás leyendo?".

La sonrisa desapareció de su rostro. "Oh, solo estoy investigando para un informe que tengo que escribir". Cerró cuidadosamente el libro, asegurándose de que su mano cubriera el título. Ella puso su mochila encima y comenzó a meter sus cuadernos y bolígrafos dentro de ella. "En realidad, me estaba preparando para irme".

"Oye, no te vayas por mi culpa", dijo Ryan. "No quise abrumarte".

Sarah sonrió una vez más. "No, no lo hiciste. Me estaba preparando para irme de todos modos".

"Entonces, ¿crees que tal vez podríamos salir? ¿Tal vez comernos una pizza alguna vez?". Ryan estaba sonriéndole, y Sarah pensó que él tenía la sonrisa más hermosa.

"Sí", dijo, "No veo por qué no. Te daré mi número si quieres".

Ryan sacó un papel y un bolígrafo de su mochila y anotó los dígitos. "Estaré en contacto", dijo tímidamente.

"Está bien", respondió ella. "Nos vemos luego".

Sarah se detuvo en el escritorio y revisó su último libro sobre brujería, que tenía muchos puntos que lo hacían parecer más legítimo que otros muy parecidos a ese. También contenía conjuros y prácticas que la ayudarían a madurar en el oficio, y estaba emocionada de ponerlos en práctica.

Después de estar en la biblioteca, se fue a casa rápidamente. Tenía que cambiarse e ir a trabajar, y había tardado demasiado tiempo en la biblioteca. Mientras se ponía su uniforme, su mente se volvió hacia Ryan. La conversación que tuvo con él fue la interacción social más larga que tuvo con cualquier persona en mucho tiempo, además de su padre. Incluso si nunca la llamaba para una cita, esperaba que al menos pudieran ser amigos; sería bueno tener un amigo otra vez.

Antes de salir de la casa, Sarah prendió su computadora portátil. Hizo doble clic en el ícono de la cámara y en segundos una imagen en blanco y negro cubrió su pantalla. Melanie estaba acostada sobre su cama boca abajo con un libro de texto abierto frente a ella. Mientras leía, estaba anotando algo en un cuaderno. Entonces, Melanie Biehl era un ser humano después de todo; ella incluso hizo la tarea.

Sarah cerró la computadora portátil y agarró su chaqueta antes de cerrar la casa y dirigirse a Wonder Mart. Se preguntó cuánto tardaría el hechizo en activarse. Bueno, si tomaba dos días o dos semanas no importaba. Ella tenía muchos otros recursos a los que iba a darle un buen eso.

∞

"Sarah, esta noche no cenaré en casa", dijo Kent Hathaway en el auricular. "Me ofrecieron el doble de tiempo, y era demasiado como para decir que no". ¿Estás enojada?"

Habían llamado a Sarah al teléfono de Wonder Mart para hablar con su padre. Ella no estaba enojada, pero estaba decepcionada. Apenas se veían como estaban, pero ella lo entendió. "No, Papá. Por supuesto no".

"Bien", respondió, "Si no te veo antes, te veré a la hora del almuerzo mañana, ¿de acuerdo?".

"Por supuesto. Te amo". Sarah colgó el teléfono y bajó para terminar su turno, que terminó en cuarenta y cinco minutos. Independientemente del apretado horario y el cansancio de su padre, estaba contenta de tener la casa para ella sola. Ella se tomaría el tiempo necesario para lanzar algunos hechizos inofensivos y practicar un poco.

Terminó y salió, luego se dirigió a su casa lo más rápido posible. La noche era un poco fría, y estaba feliz de haber traído su chaqueta. El invierno estaba justo sobre el horizonte; otro invierno que congelaría su trasero cada vez que fuera a la escuela y al trabajo.

Durante los últimos días, Sarah había estado jugando con la idea de dejar la escuela y trabajar a tiempo completo. Ella podría ayudar más a su padre financieramente, y podría dedicar más tiempo al oficio que parecía ocupar más sus pensamientos.

Estaba a tres cuadras de su casa cuando sintió que un automóvil se detenía a su lado. Ella lo ignoró, esperando que desapareciera, pero fue en vano. Oyó cuando bajaron la ventana del pasajero.

"¿Sarah? ¿Quieres un aventón?". Era Miriam Bailey, la esposa del pastor.

Sarah se detuvo y se volteó para ver a la mujer que le sonreía por completo. Ella devolvió la sonrisa y dijo:

"No, gracias, señora Bailey. Estoy casi cerca y estoy disfrutando el aire fresco".

"¿Estás segura?".

"Estoy segura, pero gracias de nuevo". Con eso, Sarah se alejó y continuó su camino.

Miriam Bailey subió la ventana del automóvil y siguió mirando a Sarah mientras se alejaba. Ella tenía una leve sonrisa tirando de las comisuras de su boca. Sabía que Sarah se había alejado de la iglesia, pero eso no le importaba a Miriam tanto como uno pensaría. No, ella estaba mucho más interesada en saber qué estaba haciendo ahora la chica.

∞

Sarah se encerró con seguridad en la casa y revisó las otras ventanas y puertas. Cuando estuvo satisfecha de estar completamente sola y que nadie iba a verla, se dispuso a recoger sus libros y ponerlos sobre la mesa de la cocina. Ella quería encontrar un hechizo simple, un hechizo que fuera bueno y beneficioso para ella misma.

Al principio, no tenía idea de qué tipo de hechizo lanzar. Pensó en un hechizo de amistad, con Ryan en mente, pero eso le parecía demasiado básico. Después de todo, a él parecía gustarle lo suficiente como era, y realmente no quería que le gustara porque ella lo hizo; quería que fuera una amistad genuina, de lo contrario no sería real.

Luego, Sarah pensó en un buen hechizo de salud para su padre. En realidad, sería un hechizo de protección, pero su padre gozaba de excelente salud. En realidad podría llevar las cosas con calma para su propio beneficio. No, pensó, no haría un hechizo de salud esta noche; pensó que podía hacer algo mejor y beneficiar a su padre al mismo tiempo. Ella haría un hechizo para obtener riquezas para ella y Kent Hathaway.

Ella encontró un hechizo simple que parecía apropiado titulado 'Dinero'. Todo lo que necesitaría era una hoja cuadrada de papel verde, nueve centavos y un sobre. Tenía todo lo que necesitaba, por lo que Sarah comenzó a igualar sus velas y colocarlas en forma de estrella en el piso de la cocina.

Después de unos pocos minutos, estaba sentada en el suelo en medio del pentagrama que había hecho con cinta adhesiva y se estaba preparando para escribir una cantidad en dólares en el papel. ¿Cuánto decía en el libro que escribiera? Se dio cuenta de que había dejado su libro sobre la mesa y se levantó para alcanzarlo cuando escuchó un fuerte 'ruido sordo' desde el exterior de la gran ventana del comedor.

Sarah se congeló. Se esforzó por escuchar mientras miraba la ventana. Uno de los listones de las persianas no estaba bien colocado, y se dio cuenta de que había un espacio de dos pulgadas. ¿Alguien estaba mirando lo que estaba haciendo?

Ella fingió no estar preocupada por agarrar el libro y ponerlo en el suelo en el medio del diagrama. Sarah luego caminó hacia la puerta de atrás y la abrió en silencio. Salió a la fría noche, dejando la puerta entreabierta para que no hiciera ningún ruido cuando la cerrara. Se deslizó silenciosamente a lo largo de la parte trasera de la casa, y cuando llegó a la esquina, se asomó un poco.

Allí, en la ventana, estaba la figura de una persona. La persona parecía medir unos cinco pies, diez pulgadas, y parecía seguir mirando a través de las persianas hacia la cocina y el comedor. Sarah pudo distinguir una mochila colgando sobre el hombro de la persona.

"¿Quién eres tú?", ella dijo al cruzar la esquina agresivamente. "¿Qué rayos crees que estás haciendo?".

La persona saltó y caminó un par de pasos hacia atrás, pero para su sorpresa perdió el equilibrio y cayó hacia atrás. Sarah cerró rápidamente la brecha entre ellos con la intención completa de abordar al individuo y sacarle sus ojos, pero justo cuando vió sus ojos reconoció quién era.

"¡Ryan!", ella dijo sorprendida. Por un momento ella olvidó estar enojada, luego pensó en él asomándose, y se irritó de nuevo. "¿Qué estás haciendo mirando a través de mis ventanas? ¿Qué estás haciendo aquí?".

Ryan luchó para levantarse, por lo que Sarah extendió su mano y lo ayudó. Se levantó y se sacudió la parte trasera de sus pantalones. "Te seguí a casa. Yo…

Solo quería ver dónde vivías. Por favor, no te enojes, Sarah. Realmente me gustas. Solo tenía curiosidad".

Sarah lo miró, esforzándose por ver sus ojos en la oscuridad; ella estaba tratando de ver si él estaba diciendo la verdad o no. El nerviosismo en su voz la hizo pensar que sí era honesto. Nada de eso importaba; ella se preguntó cuánto había visto.

"Mira, lo siento", continuó Ryan. "No estaba tratando de invadir tu privacidad. Solo quería ver cómo era el interior de tu casa".

"Entonces, ¿no llamas a las puertas como una persona normal?". La voz de Sarah estaba llena de sarcasmo, pero sintió que su frustración con Ryan empezaba a desvanecerse.

Ryan se encogió de hombros, e incluso en la oscuridad parecía tímido. "Temía que me enviaras lejos. Eso es todo, realmente. Eso es todo".

"¿Qué viste?", ella le preguntó con voz quieta y firme.

Ryan se quedó en silencio por un momento, como si estuviera sopesando sus palabras cuidadosamente. Finalmente, dijo: "Bueno, parecía que estuvieras adorando al diablo o algo así". Él se calmó nuevamente y luego dijo: "¿Lo estabas haciendo?".

Sarah no respondió de inmediato; ella estaba ocupada leyendo la expresión de su rostro. Él no parecía sorprendido o disgustado por sus propias sospechas, que eran mucho peores de lo que ella realmente estaba haciendo. En cambio, parecía interesado, y ella podía ver una ligera mirada de admiración en sus ojos.

"No quiero hablar de esto aquí", dijo mientras miraba a su alrededor. Ella gruñó y dijo: "¿Quieres entrar un momento?".

Ryan sonrió y se emocionó un poco. "¡Por supuesto! ¡Eso sería increíble!".

Sarah agarró su mano y lo llevó alrededor de la casa hasta la puerta de atrás. Entraron y la cerraron con seguridad, luego ella regresó al comedor y ajustó la pantalla de la ventana. Se giró hacia Ryan, que seguía de pie mirando el pentagrama, las velas y otras cosas que había colocado dentro.

"No 'adoro al diablo', Ryan", comenzó Sarah.

Él enfocó su atención hacia ella. "¿Entonces eres una bruja?". Sus ojos se iluminaron cuando dijo las palabras.

"Bueno, soy un poco nueva en el oficio", respondió ella. "Lo que ves es que me estoy preparando para practicar un hechizo, pero no más".

Ryan dejó su mochila en el suelo y una expresión nerviosa apareció en su rostro. "¡No! ¡No dejes que te detenga! ¿Qué clase de hechizo estabas haciendo?".

Sarah se encogió de hombros y nerviosamente caminó hacia él. "Nada grande. Solo un hechizo por dinero. Un poco de dinero extra nos ayudaría mucho a mí y a mi papá. Él tiene dos trabajos actualmente".

"¿Has lanzado otros?", preguntó.

"Bueno", dijo Sarah, "Otros tres. Los dos primeros no funcionaron, pero tengo buen presentimiento del último".

Ryan se sentó en el pequeño desayunador junto al lugar donde había hecho su estrella de cinco puntas. "¿Que eran?".

"¿Puedo confiar en ti?", ella le preguntó.

Ryan asintió con entusiasmo. "Mejor que nadie. Lo prometo".

Sarah cruzó la habitación y se sentó frente a él en el rincón. "Recientemente me dieron, bueno, una paliza en el baño de las chicas en la escuela".

"¿Por qué?".

Sarah se encogió de hombros. "No hay razón, de verdad. Fui al baño y estaban allí, y cuando salí de la cabina, me atacaron. Cosas normales de acoso, supongo, pero terminé con una conmoción cerebral sangrienta y tuve que pasar la noche en Mercy General".

"¿Así que lanzas hechizos de venganza sobre ellas?, ¡Qué maravilloso!". Ryan estaba inclinado hacia adelante en su asiento, su cara estaba llena de intriga.

"Bastante, pero los dos primeros no funcionaron", respondió ella. "Se suponía que el primero las haría explotar en verrugas. El segundo, en forúnculos".

Ella realmente tenía su atención ahora. "¿Cuál fue el último?".

"Para el último, reduje las cosas. Eché el hechizo solo a la chica que me provocó la conmoción cerebral: Melanie Biehl", dijo mientras apartaba los ojos. "No sé si funcionó, pero tengo un presentimiento".

"Entonces", insistió, "cuál era el hechizo".

"Hice una poción que haría que se le cayera el cabello", dijo en voz baja.

Ryan respiró hondo y se recostó en su asiento. "Esto es increíble, Sarah. ¿Pero cuándo sabrás si funcionó? ¿En la escuela la próxima semana?".

"No", respondió ella lentamente. No estaba segura de cuánto debería compartir con él. Después de todo, ella apenas lo conocía, pero ciertamente parecía confiable y genuino. "Todas fueron expulsadas por el ataque". Después de hacer la poción y lanzar el hechizo, tuve que ponerla en su champú, así que...".

Ryan mantuvo su mirada en ella con ansiosa emoción. Cuando ella no terminó la frase de inmediato, él hizo un gesto con la mano para que continuara.

"Me metí en su casa y lo puse en su champú", dijo finalmente. "Entonces planté una mini cámara en su habitación para poder verla". Sarah dejó de hablar por un momento y luego dijo: "¿Quieres ir a verla y ver?".

Ryan se levantó rápidamente y ella lo condujo a su habitación. Ella se sentó en el escritorio y él se paró detrás de ella mientras abría la aplicación, y en segundos miraban la habitación de Melanie Biehl, que estaba vacía.

En unos segundos, la puerta se abrió y Melanie entró vestida con una bata de baño, con su cabello en una toalla. Se sentó frente a su tocador y encendió un secador, con el que comenzó a secarse el cabello.

"Esto tiene que ser lo más genial que he escuchado y visto en mi vida", dijo Ryan con entusiasmo.

Los dos continuaron mirando en silencio mientras Melanie agitaba el secador sobre su cabeza. Cogió un cepillo para el pelo y comenzó a pasarlo por el pelo mientras lo secaba, y fue entonces cuando sucedió. Incluso en la imagen borrosa era obvio.

Pasó el cepillo por su cabello una vez, luego dos veces. La segunda vez, el cepillo se llevó un gran mechón del pelo largo y rizado de la chica. Melanie miró con sorpresa el cepillo. Ella apagó el secador y tiró del pelo del cepillo. La expresión de su rostro fue pura consternación.

Melanie pasó el cepillo rápidamente por su cabello otra vez. Justo como antes, otro mechón largo salió en el cepillo. Su boca se abrió mientras pasaba el cepillo una vez más.

Sarah no tenía sonido para escuchar lo que la chica estaba diciendo, pero era obvio por la forma en que su boca se abrió, estaba gritando. Parecía que estaba gritando 'Mamá' una y otra vez, y de repente la puerta de su habitación se abrió de golpe y su madre entró corriendo.

Sarah cerró la tapa de su computadora portátil como si la gente que estaba mirando pudiera verla haciéndolo. Ella se quedó viendo la parte superior de la computadora en estado de shock por un momento. Finalmente, sacudió la cabeza para despejar las telarañas de la sorpresa.

"Funcionó", dijo ella. Se giró hacia Ryan con los ojos muy abiertos y una sonrisa en su rostro. "Realmente funcionó".

Ryan no pudo hacer más que asentir con la cabeza hacia ella. Sí, funcionó. Ambos lo vieron con sus propios ojos.

Ninguno de los dos habló por varios momentos. Ryan fue quien rompió el silencio. "Entonces, ¿qué tipo de hechizo ibas a lanzar esta noche?".

"Un hechizo de dinero", respondió ella, "para ayudar a mi padre, para que no tenga que trabajar tanto, ¿sabes?".

Ryan se sentó en su cama. "¿Cómo funciona?".

Sarah lo miró y sonrió. "Ven conmigo y te mostraré".

R.W.K. Clark

CAPÍTULO 10

Sarah y Ryan se sentaron en el pentagrama, las velas parpadeando a su alrededor. Delante de ella estaban el papel, los centavos y el sobre. Su pluma estaba en equilibrio en su mano.

"El libro dice que debería lanzar por una cantidad razonable", le dijo. "¿Qué crees que es una cantidad razonable?".

Ryan se encogió de hombros. "¿Mil dólares?".

Sarah lo pensó. "Mil suena bien; no es un millón, y no son 100 tampoco. De acuerdo, serán mil".

Ella escribió la cantidad, en números, en el papel verde, luego lo dobló cuatro veces según las instrucciones del hechizo. Lo metió en el sobre y luego agregó los centavos, uno por uno. Ella colocó el sobre en el centro del pentagrama y cerró los ojos.

"Prospera, multiplica, crece;

Necesarios para el cuidado, pero no para el espectáculo.

No dejaré que nadie más sepa,

Vendrán los vientos que soplen".

Sarah recogió el sobre, lamió la solapa y lo selló. Luego tomó el bolígrafo nuevamente y dibujó un audaz signo de dólar en él. Finalmente, se levantó y salió del pentagrama.

"Está bien", le dijo Sarah a Ryan, "ven conmigo".

Ella lo condujo por la puerta de atrás. En el patio justo al lado de la puerta había una maceta de terracota que contenía pequeñas herramientas de jardín. Ella tomó una pala pequeña y los dos caminaron hacia el árbol más grande en el patio trasero. Sarah se arrodilló ante él y cavó un agujero y colocó el sobre en él. Ella lo cubrió entonces y miró hacia el árbol.

"Las semillas que se plantan,

Florecerán y brotarán con nuestra necesidad.

Protege lo que he dado,

Hasta que tengamos una buena cosecha de esta semilla".

Sarah se puso en pie en ese momento, sus ojos aún fijos en el poderoso roble que tenía delante. Estaba satisfecha de haberlo hecho correctamente. Más que nada, tenía la fuerte sensación de que funcionaría.

"¿Que hacemos ahora?", Ryan preguntó.

Sarah le sonrió y se dirigió a la casa. "Esperamos".

∞

Ryan se fue bastante tarde, pero se aseguró de que Sarah tuviera su número de teléfono antes que él. Sarah lo acompañó hasta la puerta y ambos se quedaron allí en un incómodo silencio por un momento. De repente, Ryan dio un paso adelante y le dio un rápido beso en los labios, sorprendiéndola.

"Mantenme informado, ¿de acuerdo?", dijo.

Sarah asintió. "Lo haré. Sobre ambas cosas".

Ryan le sonrió y se giró para irse. Él tenía su mochila sobre su hombro y un ánimo en su andar. Ella lo miró hasta que la oscuridad lo tragó.

Sarah cerró la puerta de entrada y fue a la cocina para limpiar la cinta del suelo y las velas. Al terminar, apagó todas las luces del primer piso, pero dejó encendida una sola lámpara para su padre. Por fin, se dirigió al dormitorio; ella estaba exhausta, y no quería nada más que dormir profundo.

Pero dormir no sería fácil. Pensó en Ryan, y una preocupación persistente entró en su corazón, aunque no podía precisar si estaba preocupada porque él supiera lo que estaba haciendo, o por alguna otra razón.

Descubrió que le gustaba más que nunca, especialmente ahora que había compartido una parte tan íntima de sí misma con él. Ciertamente no le parecía mal que fuera tan guapo. Sus ojos marrones eran suficientes para volverla loca si los miraba el tiempo suficiente, de eso estaba segura.

Cuando llegó el sueño, fue puro y reparador, y Sara soñó con la abundancia y la felicidad. Algo en sus sueños le dijo que estaba casi al final del túnel oscuro en el que había estado vagando. Incluso en su sueño, ella sintió alivio.

Ella durmió como un bebé.

∞

"¿Cómo dormiste anoche, cariño?". Kent Hathaway estaba sentado en la mesa de la cocina con aspecto demacrado y agotado. Él tenía sus manos alrededor de una taza de café fría, y que además no tenía la energía para beber. Sarah sabía que él estaba luchando contra el sueño solo para pasar unos minutos con ella antes de la escuela.

Ella comió un bocado de cereal y le sonrió. "Dormí como una roca, y espero que tú lo hagas. Ya sabes, me voy en solo unos minutos; ¿Por qué no te vas a la cama, papá?

Él la miró con incertidumbre, pero finalmente apartó el café y se puso de pie. "Creo que voy a hacerlo. ¿No te molestarás?

"¡Ay, padre! ¡Tu me vuelves loca! ¡Ve a acostarte!".

Se paró de la mesa y le plantó un beso en su mejilla. "Voy. Trabajo a las dos, pero estaré en casa para la cena. ¿Hasta entonces?".

"Hasta entonces", ella estuvo de acuerdo.

Cuando él se fue, ella enjuagó sus platos y los puso en el lavavajillas. Sarah se aseguró de que las luces estuvieran apagadas y los electrodomésticos también antes de agarrar su bolso y dirigirse a la puerta. Ella lo abrió y vio a Ryan sentado en el escalón.

"¡Oh Dios mío!", ella dijo. "Me asustaste muchísimo, Ryan".

Se puso de pie, con una sonrisa en su rostro. "Pensé que tal vez me dejarías caminar contigo a la escuela".

Su sonrisa era contagiosa, y Sarah se sorprendió a sí misma devolviéndole la sonrisa. "Por supuesto. Espera; el cartero está al lado. Quiero poner el correo en la casa, para que mi padre pueda leerlo cuando se levante".

Permanecieron juntos esperando. Ryan hizo una pequeña charla preguntándole a Sarah si había revisado la grabación de su cámara.

"Sí, lo hecho", respondió ella. Ella se estaba preparando para darle una actualización cuando el cartero puso en marcha a Sarah. Los dos dejaron de hablar mientras se acercaba.

"Hola, Sarah", dijo sonriendo. Él le tendió una pila de sobres.

"Hola, Ted". Ella tomó la pila. "Gracias".

Ted asintió. "Siempre a la orden. Dile a tu papá 'hola' por mí, ¿quieres?".

"Claro que sí, Ted", respondió ella mientras comenzaba a hojear la pila.

Ted estaba en la casa contigua cuando Sarah le dijo a Ryan con un susurro de pánico. "¡Oh, Dios mío, Ryan!".

Él la miró. "¿Qué? ¿Qué pasa?".

Sacó un sobre del medio de la pila y lo sostuvo frente a él; cuando lo vio, estuvo a punto de desmayarse.

En su mano había un sobre blanco con un signo de dólar dibujado en pluma.

"Eee.... Ese.... ¿Ese era nuestro sobre?". El corazón de Ryan latía rápido, y tuvo que agarrarse a la barandilla del porche para estabilizarse.

Sarah asintió. Todo lo que pudo hacer fue mirar el correo que tenía en la mano. Después de un momento, ella lo entendió todo.

"Espera aquí", dijo.

Corrió hacia la casa y colocó el resto del correo en el lugar de su padre en la mesa, luego volvió al porche. Los dos corrieron por la acera, y cuando cruzaron la calle se detuvieron. Sarah levantó el sobre una vez más.

"Ábrelo, Sarah".

Ella volteó el sobre y vio que todavía estaba sellado. Después de lanzarle a Ryan una mirada asustada, deslizó su dedo debajo de la esquina derecha de la solapa y lo abrió por completo. Los dos miraron adentro.

Allí, dentro de los confines del sobre, había una pila de billetes.

Sarah sacó el dinero y lo avivó para contarlo: seis billetes de cien dólares.

"¿Qué diablos?", Sarah murmuró. "Por Dios, Ryan. Funcionó. Realmente funcionó".

Ryan ni siquiera pudo hablar. Se le había puesto la piel de gallina por completo, y él también estaba un poco asustado. Tenía la boca abierta y sus ojos eran como platillos.

"Son solo seiscientos", dijo en un susurro. "Pero es nuestro sobre".

Ryan apartó la mirada del sobre y la miró. "¿Por qué crees que solo tienes seis? Tú pediste mil".

Sarah se encogió de hombros. "Decía que fuera razonable y realista", respondió ella. "Fue solo la primera vez con ese hechizo; tal vez aún no soy lo suficientemente fuerte".

Ella se arrodilló y abrió su mochila. Empujó el sobre en el interior, lo cerró y se levantó. "No le digas a nadie sobre esto, Ryan. Júralo".

"Lo juro", respondió.

Los dos comenzaron a caminar de nuevo, ambos en silencio, sorprendidos. Ryan estaba tratando de descubrir si todo podía ser real. Sarah estaba tratando de pensar en una explicación razonable para el dinero. ¿Alguien la vio plantarlo? ¿Sacaron el sobre de donde estaba y le metieron los seiscientos dólares? Y si lo hicieron, ¿cómo hizo Ted, el cartero, para tener el sobre a la mañana siguiente, y sin una dirección? Nada de esto tenía sentido; tenía que ser el hechizo.

"Ryan, tengo que volver a la casa", dijo Sarah mientras se detenía en seco. Ella comenzó a cruzar la calle una vez más.

"¿Qué pasa con la escuela, Sarah?", preguntó. "¿Por qué?".

Siguió caminando de regreso, y después de girar los ojos en confusión, Ryan trotó para alcanzarla. Los dos subieron por el costado de la casa y entraron al patio trasero. Sarah recogió la pala de la olla en el porche y los dos se dirigieron al gran roble.

El agujero donde el sobre había sido enterrado todavía estaba lleno de tierra. Era el único lugar descubierto en el patio lleno de hierba, por lo que fue fácil de encontrar. Sarah se arrodilló y enterró la pala en el suelo. Cavó el doble de profundidad que la noche anterior, pero no había un sobre dentro. Ella dejó caer la pala y se sentó desconcertada.

"Bueno, ahí lo tienes", dijo, mirando a Ryan mientras hablaba. "Funcionó".

Ryan asintió, con una expresión de asombro en su rostro. "Seguro que sí".

Los dos se miraron con una sonrisa en sus caras. "Parece que no hay nada que no se pueda hacer". Él la miraba a la cara mientras hablaba, y todo en lo que podía pensar era en lo hermosa que era.

Las sonrisas se desvanecieron. Se miraban a los ojos, y sus corazones comenzaron a latir más rápido. La sangre corrió a las mejillas de Ryan.

"Yo... yo... tú sabes que realmente, realmente me gustas, ¿verdad, Sarah?", él tartamudeó.

Ahora, fue su turno de sonrojarse. "Me gustas también, Ryan".

Él se inclinó hacia ella tímidamente, luego vaciló. Solo pasó un segundo antes de obligarse a continuar. Cuando sus labios se tocaron, ambos cerraron los ojos y se deleitaron con la sensación física y el trastorno emocional de su primer beso.

Después de un momento, Ryan se alejó lentamente. "Me gustó eso también", dijo.

"A mi también".

"Tal vez podamos hacerlo de nuevo en algún momento", dijo.

"Espero".

Ambos se levantaron y caminaron hacia la parte delantera de la casa. No podían quedarse allí y besarse para siempre; era hora de seguir con su día. Pero Sarah no podía negar el hecho de que estaba emocionada. Su vida ciertamente había tomado un giro diferente desde que comenzó a practicar el oficio.

Resultó ser la mejor decisión que jamás había tomado.

∞

Esa noche, Ryan estaba acostado en su cama con las manos detrás de la cabeza, con la mirada perdida. Sus libros escolares estaban abiertos junto a él, pero sus lecciones y deberes estaban muy alejados de su mente. Estaba pensando en Sarah.

Ryan estaba enamorado, y él lo sabía. Solo pensar en ella lo hacía sonreír y parecía que no podía deshacerse de esos pensamientos. Él dijo su nombre en voz alta.

"¿Sarah?".

Parecía un hermoso idioma extranjero para sus oídos enamorados. Le encantaba la forma en que salía de su lengua; le encantaba la forma en que parecía tener un sabor a helado dulce o chocolate cremoso.

"¿Sarah?".

"Um, ¿crees que vas a estar bien, chiquillo?". Kate Morris estaba de pie en la entrada sonriendo de oreja a oreja. Ante el sonido de su voz, Ryan se sentó rápidamente, su rostro se sonrojó al rojo vivo.

"¡Mamá! Se supone que debes golpear, ¿sabes?".

"Lo siento", dijo sin el menor remordimiento. "Pensé que estabas haciendo tu tarea y no quería interrumpir tocando".

Él gruñó. "¿Qué deseas?".

Kate continuó sonriendo. "Solo estaba trayendo tu ropa. Asegúrate de que se guarde por favor". Ella puso una pila de ropa en la esquina de su escritorio y salió de la habitación, cerrando la puerta.

Cuando ella se fue, Ryan se recostó en la cama y reanudó su actividad de mirar el techo. Entonces comenzó a sonreír como un idiota una vez más. No tardó mucho en retomar justo donde lo había dejado.

"Sarah"

∞

Al mismo tiempo, Ryan estaba mirando con ojos saltones el trabajo de pintura sobre su cama, Sarah estaba sentada en el sofá de la sala de estar de su casa, contemplando el suave beso que había compartido con su nuevo amigo. Ella estaba pensando en su piel y su cabello, y lo perfecta que se veía su cara.

Ella no podía creer su suerte. De hecho, estaba conociendo a uno de los chicos más atractivos de la escuela. La mejor parte era que él era nuevo en la ciudad, y la había elegido a ella sobre todas las otras chicas. No podía entenderlo, pero desde luego no iba a cuestionarlo. No, iba a disfrutar de Ryan Morris todo el tiempo que pudiera.

Se recostó contra el sofá y tiró de la colcha que estaba debajo de ella. Ella comenzó a fantasear sobre su próximo beso. En su pequeña fantasía, él estaba llamando a su puerta, y cuando ella la abrió, él dijo: "No podía sacarte de mi mente, Sarah. Solo quise venir y besarte de nuevo". Con eso enredó sus dedos en su cabello y jaló su rostro hacia él con pasión. En su fantasía, él incluso usó su lengua.

"Sarah, ¿qué es tan gracioso?". Kent Hathaway estaba parado en la entrada sonriéndole.

"¡Papá!". Ella se sentó rápidamente, sonrojándose. ¡Gracias a Dios que otras personas no pueden ver los pensamientos! "Ni siquiera te escuché entrar". "¿Cuando llegaste?".

"Justo ahora", respondió mientras se quitaba el abrigo. "Tuve un poco de tiempo extra y pensé que podríamos comer juntos".

Sarah se levantó y se dirigió hacia él. "Eso sería genial", dijo. "¿Qué debería hacer?".

"Cualquier cosa que quieras". Entraron a la cocina y Sarah abrió la nevera. "Entonces, ¿quién es el chico?".

Sarah le lanzó una mirada y Kent dejó el tema, pero no pudo evitar sonreír solo. Un novio probablemente era justo lo que su hija necesitaba en este momento. Él se sintió aliviado y agradecido.

Media hora más tarde, los dos se sentaron a cenar, y hablaron sobre su día. A Sarah le encantaba escuchar a su padre, porque eso le despejaba la mente. Estaba tan feliz de que todavía lo tuviera, y descubrió que apreciaba la relación que se esforzaban por construir. Por primera vez en mucho tiempo, los dos pudieron reírse.

Las cosas estaban mejorando, o al menos eso parecía.

R.W.K. Clark

CAPÍTULO 11

Sarah terminó dándole a Ryan cien dólares del dinero, para que le 'guardara el secreto'. El resto lo entregó a su padre y le explicó que era un bono navideño anticipado. Kent no tenía la energía para cuestionarla y no quería. Incluso quinientos eran mucho para los dos Hathaways.

También se acercaba cada vez más a Ryan con cada día que pasaba. Ella desechó la idea de dejar la escuela porque él estaba asistiendo. Descubrió que quería verlo tanto como fuera posible, por lo que abandonar el lugar estaba fuera de discusión.

Sarah también continuó desconectándose en su trabajo. Estaba empezando a brillar un poco con satisfacción y felicidad, y le parecía que las cosas estaban mejor de lo que habían estado en un par de años. Tenía miedo de tener esperanza, pero de todos modos esperaba encontrarla.

Ella también monitoreó a Melanie Biehl muy de cerca. Efectivamente, la niña había perdido hasta el último pelo en su cabeza. Sus padres la sacaron de la escuela y ella no hizo nada más que esconderse en su habitación con pañuelos atados alrededor de su cabeza. Lloró mucho, e incluso Sarah pudo ver que la chica estaba empezando a perder peso, pero Sarah no se sintió mal por eso. En su opinión, obtuvo lo que se merecía.

Más importante aún, Sarah practicaba sus hechizos diariamente. Algunos de ellos fallaron, algunos tuvieron éxito. Descubrió que muchos de los libros de hechizos eran falsos, y su contenido estaba escrito con fines fraudulentos de entretenimiento y dinero. No produjeron nada, y ella supo rápidamente los que eran una pérdida de tiempo.

Sarah compró su propia copia de 'Witches Creed 'en línea, y también se las arregló para comprar copias de dos de los libros de hechizos de la biblioteca que realmente funcionaban. Uno, 'Casting Coven', y el otro, 'Black Manifest', eran sus favoritos. Los hechizos casi siempre funcionaron, pero ella los mantuvo en pequeña escala, solo por el bien de la práctica.

Ella comenzó a familiarizarse con la historia de la brujería; estaba decidida a aprender todo lo que podía, y quería que todo fuera verdad. Sarah investigaría cuidadosamente cada libro que tuviera en sus manos, y esta práctica hizo que fuera mucho más fácil identificar los libros falsos de los de calidad. Era importante para ella perfeccionar sus habilidades con cuidado.

El mayor cambio en la vida de Sarah tuvo que ver con la escuela. Ella no se esforzaba para obtener buenas calificaciones, o incluso dinero todo el tiempo. Pero comenzó a creer que era una especie de 'superheroína'.

Dejó de asistir a la escuela solo para las lecciones, y comenzó a prestar mucha atención a las interacciones de otros estudiantes en los pasillos entre clases. Cuando vio a un estudiante siendo empujado o abucheado, se aseguró de averiguar el nombre del acosador (si no lo sabía), y lanzaría hechizos de venganza contra los delincuentes. Traería un gran alivio para las víctimas, y le dio un propósito que ella sintió que era bueno.

En lo que respecta a Ryan, bueno, se convirtió en un faro brillante en la vida de Sarah. Pasaron juntos todos los momentos libres que pudieron, y ella supo sin lugar a dudas que Ryan Morris no solo era su mejor amigo, sino que se estaba convirtiendo rápidamente en el amor de su vida, y se sentía de la misma manera. Salieron, leyeron, vieron películas y, sobre todo, eran inseparables. Ryan no era un participante directo, pero él era su apoyo. Él la ayudó a elegir hechizos de práctica y ayudó a reunir los ingredientes de la poción cuando los necesitaba.

∞

Un día de enero, caminaban juntos por Holy Cross Park. Hacía bastante frío, y los dos estaban bien abrigados. El parque estaba desierto a excepción de ellos, por lo que aprovecharon la tranquilidad que los rodeaba. En cierto momento, estaban sentados y hablando en el carrusel, girándolo lentamente con sus pies.

"Me alegro de que hayas entrado en mi vida, Ryan", dijo Sarah. "Si supieras cómo estaban mis cosas hasta el día en que te conocí".

Hasta ese día, Sarah había sido muy evasiva con respecto a la vida antes que Ryan. "Entonces, ¿por qué finalmente no me dices?", preguntó mientras tosió un par de veces.

"Sabes", respondió ella, "Te he dicho una y otra vez que te pongas una bufanda si estamos pasando el rato en el frío. Ahora te estás enfermando".

Tosió de nuevo. "No cambies el tema. Dime".

Sarah se encogió de hombros. "Varias cosas malas sucedieron, una tras otra", dijo con inquietud. "¿Sabías que solía vivir prácticamente en La Iglesia de Cristo de Paradise?".

Ryan abrió la boca y de repente su cuerpo se revolvió de tos. Cuando los puso bajo control, dijo: "¿Tú?".

Sarah lo miró de cerca. No solo estaba tosiendo, sino que estaba pálido y sus ojos tenían círculos oscuros debajo de ellos. En realidad, se parecía mucho a un muerto viviente.

"Mira, vayamos a mi casa. Podemos calentarnos y tomar un poco de chocolate caliente, ¿está bien?".

Ryan estuvo de acuerdo, y entonces Sarah lo tomó de la mano. Mientras caminaban, ella respondió su pregunta. "Si yo. Estaba bastante dedicada a Dios entonces. Toda mi familia hizo de la iglesia el centro de nuestro universo. Luego, poco antes de la Navidad anterior al año pasado, mi abuela murió", dijo, y luego se detuvo mientras Ryan tosía un poco más. Cuando se recompuso, siguieron caminando. "Adoraba a mi abuela más que a nadie en la Tierra, y ese fue un golpe realmente duro".

Por primera vez en mucho tiempo, Sarah se permitió pensar en Emma Holt. Con los pensamientos vino un dolor agudo en el estómago y el pecho, pero incluso Sarah tuvo que admitir que no era tan doloroso como lo había sido antes; ella ya lo estaba superando.

"Entonces, poco tiempo después, durante la temporada de softball de la iglesia, mi perro fue asesinado", dijo. "Estuvo conmigo durante la mayor parte de mi vida, y estaba bajo mi cuidado cuando la atropellaron".

Ryan le puso la mano en el hombro mientras caminaban, acariciándola. "Lo siento, Sarah".

Ella se encogió de hombros. "Me lo tomé con fuerza, también. Me enojé mucho con Dios, pero lo superé, gracias a mi mejor amiga en ese momento, Michelle Karas".

"¿Ya no eres amiga de ella?", preguntó.

Sarah le dio una sonrisa a medias. "Estoy segura de que si nos viéramos nos llevaríamos bien, pero ella se mudó por el trabajo de su padre. Le escribí, pero ella nunca respondió. Creo que ella simplemente... me olvidó".

Ahora la pareja caminó en silencio por un minuto antes de que Ryan dijera: "Entonces, tan pronto después de tu mascota, ¿eh?".

Ella solo asintió.

"No sé qué decir, Sarah", dijo.

"No tienes que decir nada", respondió ella. "Querías saber, así que te estoy diciendo. Lo de mi abuela fue malo, lo de Mitzi fue malo y perder a Michelle fue malo. Pero esas no fueron las peores pérdidas".

Ryan tomó su mano con guantes. "¿Tu mamá?".

Ella se volvió hacia él. "¿Como supiste?". Ella nunca había hablado de la muerte de su madre; ella ni siquiera le había dicho que la mujer había muerto. Cuando él preguntó, ella siempre dejó de lado la pregunta y cambió de tema.

"No estaba seguro", respondió. "Al principio supuse que ella se había ido, pero ahora, bueno, es obvio".

"Sí", dijo Sarah en voz baja. "Obvio".

Subieron por el sendero hasta la casa de Sarah y entraron en la cálida residencia con gran alivio. "Ponte cómodo", dijo Sarah. "Voy a usar el baño. Vuelvo enseguida".

Sarah subió las escaleras y puso su ropa de invierno en la cama. Ella entró al baño y se miró la cara. Su piel era rosa brillante y sus ojos estaban llorando. Ella pensó que se veía bien, así que bajó para hacer chocolate caliente.

Entró en el comedor para ver a Ryan sentado en la mesa. Apenas podía sentarse derecho, y había pasado de pálido a blanco. Estaba tosiendo más, y parecía estar muerto de calentura. Sarah se acercó a su silla y puso el dorso de su mano sobre su frente.

"¡Oh, Dios mío, Ryan, estás ardiendo!"

Se aclaró la garganta. "No me siento tan bien. Creo que debería irme a casa".

"No te irás caminando así a tu casa", dijo severamente. "Acuéstate en el sofá y cúbrete con la manta. Estoy llamando a tu madre. ¡Anda!"

A Sarah le preocupaba ver que Ryan se enfermó de repente. Todo pasó de la nada, y parecía que lo habían golpeado una tonelada de ladrillos. Ella no sabía de nadie más que estuviera enfermo, entonces, ¿De dónde se contagió? ¿Todo de una vez? ¡Él había estado bien!

Ryan se tambaleó de la habitación cuando Sarah marcó el número de su casa. Sonó dos veces, luego la voz de cantar de la señora Morris le llegó al oído.

"¡Hola!".

Sarah se aclaró la garganta. "Señora. Morris, es Sarah".

"¿Sarah? Hola, cariño. ¿Qué sucede? Ryan no está en casa; pensé que estaba contigo".

"Él está conmigo", explicó Sarah. "Fuimos al parque, y por alguna razón comenzó a toser. Está ardiendo y se ve blanco como un fantasma. Quería saber si podría venir por él. No quiero que él camine".

La señora Morris respiró hondo. "¡Oh! Estaré allí, Sarah. Dame diez minutos".

Sarah colgó el teléfono y echó un vistazo en la sala de estar. Ryan estaba enrollado en el sofá con la manta ajustada a su alrededor. Todo su cuerpo temblaba por los escalofríos.

"Ryan, ¿cómo te sientes?", preguntó.

Gruñó un poco en respuesta, pero no abrió los ojos. Sarah frunció el ceño con preocupación y regresó al comedor.

En ese momento sonó el timbre. ¿La Sra. Morris ya? Habían pasado solo un par de minutos desde que colgó el teléfono. ¿Quién estaba tocando?

Sarah fue a la puerta de entrada y echó un vistazo por una de las ventanas que eran del mismo tamaño de la puerta. Miriam Bailey estaba en el porche sujetando las solapas de su abrigo contra el frío. Sarah puso los ojos en blanco y gimió cuando abrió la puerta. Cada vez que se encontraba con esta mujer, sentía una sensación de temor. ¿Por qué ella sigue viniendo? Si Sarah o Kent querían hablar con ella o con el pastor, entonces los habrían llamado. A Sarah le molestaba que la mujer fuera tan persistente.

"¿Sarah? ¡Hola!. Solo quise pasar y saludar. No te he visto desde esa noche que estabas caminando. ¿Cómo estás?". Miriam saltaba del frío mientras trataba de calentarse.

Sarah mantuvo la puerta abierta. "Estoy bien. También puede pasar y calentarse ", dijo. "Estoy un poco ocupada ahora mismo y no he tenido tiempo para visitar".

"Oh, bueno, no quise interrumpir", respondió la mujer. Sarah se dio cuenta de que los ojos de la señora Bailey se fueron por encima de sus hombros como si quisiera ser un poco curiosa. "¿Tu padre está bien?".

"Sí, él está bien", dijo Sarah, luchando por evitar mostrar su enfado. "Tengo un amigo aquí que de repente se enfermó, y estoy esperando a que su madre venga a buscarlo. De hecho, pensé que usted podría ser ella".

En ese momento, escuchó un gemido miserable desde la sala de estar. Ella entró por la puerta. "Aquí estoy, ¿necesitas algo?".

"Creo que voy a vomitar...".

"Disculpe, señora Bailey", dijo mientras corría a buscar un cubo del armario.

Agarró el contenedor por el asa y corrió hacia la sala de estar. Cuando dobló la esquina, pudo oír a Ryan jadeando violentamente, y allí estaba la señora Bailey, de pie en la puerta de la sala de estar, mirando al joven enfermo. Sarah le echó un vistazo a la cara y los escalofríos recorrieron su espina dorsal: la señora Bailey estaba sonriendo.

Vio a Sarah con el rabillo del ojo y rápidamente adoptó una apariencia sobria. "Está muy, muy enfermo. Espero que su madre se apure. ¿Quieres que ore por él?".

Sarah puso el balde en el suelo debajo de su cabeza antes de regresar a la cocina en busca de una toallita fría. —"¡No! Quiero decir, no, gracias. Creo que debería irse. Después de todo, tampoco le gustaría enfermarse, ¿verdad?". Sarah era completamente incapaz de ocultar su frustración y su desprecio por esta mujer.

"Si hay algo que...", comenzó Miriam, pero Sarah la ignoró y continuó hacia la cocina. Cuando regresó, Miriam Bailey se había ido. Durante una fracción de segundo, se sintió mal por haber sido tan fría y grosera con ella, pero rápidamente la apartó de su mente. Si a la mujer no le gustaba, tal vez no debería venir tan seguido como lo hacía.

Sarah puso el trapo frío en la frente de Ryan. Los vómitos se habían detenido, pero su piel había adquirido un aspecto gris y de papel. Ella miró hacia el cubo; solo había vomitado un poco, y el resto estaba en la alfombra debajo. Corrió a la cocina en busca de agua caliente y toallas para limpiarla.

Sarah acababa de regresar con los suministros de limpieza, cuando la señora Morris tocó el timbre. Agarró el manilla y abrió la puerta. "Está en la sala de estar, y está empeorando".

La señora Morris echó un vistazo a su hijo y una expresión de preocupación apareció en su rostro. "Oh Señor. Por favor, ayúdame a llevarlo al auto, Sarah".

Sarah puso las toallas encima del vómito para cubrirlo, y juntas ella y la señora Morris intentaron que Ryan se parara. Sus rodillas seguían doblándose, y las dos pequeñas mujeres no pudieron llevarlo al automóvil. Casi lo dejan caer tratando de llevarlo de vuelta al sofá.

Cuando lo acostaron de nuevo, Sarah se volvió hacia la madre del joven. "Llamaré a la ambulancia, señora Morris. Él necesita ver al doctor".

"Oh, sí. Muchas gracias. Por favor apúrate".

Sarah fue a la cocina para hacer la llamada, y la señora Morris sostuvo el cuerpo sin vida de su hijo, las lágrimas corrían por su rostro. Sarah no quería usar el teléfono en la sala de estar; La Sra. Morris ya estaba molesta, y Sarah quería poder hablar con el operador de emergencia sin distracciones.

Con la llamada hecha, regresó a la sala de estar. "Vienen en camino en este momento", dijo.

Se detuvo en la ventana delantera y observó la ambulancia. Mientras estaba parada allí, sintió una sensación persistente en el estómago, pero no podía identificarla. Sarah se volteó y miró a Ryan y a su madre, y la sensación se hizo más fuerte. Ella sabía en su alma que si él se había enfermado era no era porque había 'pescado' algo. En el fondo, Sarah pensó que era... intencional.

Ella negó con la cabeza para alejar ese pensamiento. La ambulancia llegó volando por la avenida Mason justo en ese momento, y se metió en el camino de entrada a la casa.

"Están aquí", le dijo a Kate Morris mientras corría hacia la puerta para dejarlos entrar.

Mientras trabajaban en Ryan, dejó que sus pensamientos volvieran al terror que estaba sintiendo. Había algo en eso, de eso estaba segura. Ella también estaba decidida a descubrir qué era. Sabía que algo estaba fuera de lugar.

CAPÍTULO 12

"Señora. Morris, Ryan parece tener una forma muy agresiva de gripe. Le hemos dado una solución salina IV para su deshidratación, junto con algunos otros medicamentos, y los otros médicos y enfermeras todavía están trabajando en él, pero no ha recuperado la conciencia".

Kate Morris escuchó al médico del Mercy General Hospital con una mirada muy seria. Todavía tenía los ojos como platos y Sarah sabía que estaba muy preocupada. Ella sostuvo un pañuelo de papel en su mano y mantuvo sus ojos fijos en la cara del hombre.

"¿Cuándo podemos verlo?", preguntó.

"Bueno, en este momento no es una buena idea", respondió el médico. "Ni siquiera estamos seguros de cuál es el diagnóstico, y si es contagioso, bueno, digamos que su hijo la necesita sana. Tan pronto como muestre una mejora o determinemos el problema, debería poder verlo. Lamento no poder contarte más, pero te mantendremos informado". El doctor se volvió hacia Sarah. "¿Dices que esto sucedió de repente?".

Sarah asintió. "Él estaba bien esta mañana. No hubo más que un estornudo o algo así. Caminamos hacia Holy Cross Park y tosió un par de veces, pero nada grave. Luego estalló en un ataque de tos y decidimos regresar a mi casa para calentarnos. Cuando llegamos allí, tenía una fiebre terrible, y muy pronto estaba vomitando. Fue así de rápido".

"Hum", dijo el médico mientras tomaba notas en una pequeña tableta de bolsillo. "¿Ha estado cerca de alguien que ha estado enfermo recientemente?".

La señora Morris negó con la cabeza, y Sarah le dijo al médico: "No, en absoluto. Él ha estado conmigo casi constantemente, excepto cuando va a casa por la noche. No he escuchado que alguien esté enfermo en la escuela".

Luego, Kate le dio al doctor una explicación detallada de todo lo que había comido en las últimas veinticuatro horas, luego el doctor se excusó para ir a atender a Ryan. Sarah se sentó al lado de Kate y le dio una palmadita en el hombro.

"Él va a estar bien", dijo. "Estoy segura de que es solo la gripe, como dijo el doctor. Ellos harán que él se recupere en tiempo récord".

Sarah se sentó junto a la mujer llena de pena y observó al doctor alejarse. La señora Morris sacó su teléfono celular. "Tengo que llamar al padre de Ryan. Él vendrá inmediatamente del trabajo". Ella comenzó a marcar números en el teléfono.

"Mientras usted hace eso, voy a salir a tomar un poco de aire, ¿de acuerdo?". Sarah le apretó el hombro a la mujer y se dirigió al ascensor.

La brisa exterior era fuerte e increíblemente fría. Sarah se abrochó el abrigo con fuerza y se sentó en un banco de cemento frente a la entrada principal. Ella miró hacia el cielo gris con ira.

"Nunca te rendirás, ¿cierto?", dijo.

Las cosas habían ido tan bien, y casi había superado su ira por las cosas que le habían sucedido. Ahora estaba aquí otra vez en Mercy General, esta vez con su novio, quien, al parecer, iba a ser puesto en cuarentena por los médicos si no podían descubrir qué le pasaba. Ella ciertamente no iba a pedirle ayuda a Dios; después de todo, fue Él quien puso al chico allí.

Esta situación golpeó a Sarah repentinamente, como un ladrillo en la frente. Ella iría a casa y encontraría un buen hechizo de curación. Prepararía cualquier poción para eso y haría lo que fuera necesario. Ya no tenía que quedarse sentada de brazos cruzados.

Sarah subió nuevamente para decirle a la señora Morris que iba a caminar a casa. Mientras tomaba el ascensor hacia la unidad de cuidados intensivos, pensó en los eventos del día hasta el momento. Ryan había estado perfectamente bien al comienzo del día. Su color se veía bien y había estado contento. No se había quejado de ningún síntoma de ningún tipo, y la tos había comenzado de repente mientras estaban en el parque. Ella pensó que era normal cualquier cosa que tuviera, pero tenía esa misma sensación de inquietud en su interior, lo cual era muy molesto. No importaba cuánto intentara olvidarse de eso, sabía que tenía un sentimiento por una razón.

Ella habló con la madre de Ryan, y luego se puso su gorro y guantes y salió del hospital. En diez minutos ella estaba en casa, y primero comenzó a limpiar la alfombra en la sala de estar. Cuando terminó, subió las escaleras de dos en dos y se encerró en su habitación para revisar sus libros.

Ella abrió su copia de 'Black Manifest' y comenzó a buscar hechizos en su interior. Ella no quería ningún hechizo de "salud". Ella quería uno especialmente para la curación. Recorrió con su dedo la tabla de contenidos y leyó todos y cada uno de los hechizos disponibles.

Finalmente, se encontró con 'Hechizo de Salud Fortalecida' y sonrió. Requería muchos elementos, pero todos eran fáciles de conseguir. Pero ante todo, el libro le indicó que meditara durante un tiempo para aumentar su propia fuerza personal. Ella lo hizo, y cuando terminó, se sintió poderosa, equilibrada y pacífica.

"Está bien", dijo mientras comenzaba a recoger sus materiales, "Necesito un cuadrado de tela blanca". Salió al pasillo y sacó un trapo blanco del armario de la ropa blanca. "Luego, hojas de laurel". Fácil de nuevo; los encontró en el armario de las especias. Ella comenzó a amontonar sus ingredientes en el medio de su cama.

"Ahora se necesitan pétalos de clavel". Bueno, no era como si pudiera encontrarlos justo afuera; era enero, después de todo. Se puso el abrigo y agarró su billetera. A los veinte minutos, ella estaba regresando a su casa con un clavel envuelto en plástico de la floristería local.

Ahora necesitaba menta. Esto también estaba en el armario de las especias, aunque era el último que quedaba. Lo escribió en la lista de la compra, y luego regresó a su habitación y lo agregó a su pila.

"Sal marina", leyó. Sabía que la tenían en la cocina, y sonrió. Su madre solo usaba sal marina mientras Sarah y su padre preferían la sal yodada. Solían molestar a su madre incesantemente por ello. Ahora Sarah miró hacia el cielo y dijo: "Gracias, mamá".

"Está bien, una piedra ojo de tigre". Ella no tenía una, pero tenía el joyero de su madre, y su madre tenía varias piezas con preciosas piedras translúcidas de color marrón y negro en ellas. Encontró un anillo y un dije, ambos engastados en oro, pero eso no era lo que estaba buscando. Ella buscó un poco más, y en el cajón más pequeño lo encontró: un gran pedazo de ojo de tigre crudo que había encontrado mientras buscaba rocas cuando tenía nueve años. Ella se lo había dado a Amelia para que la pusiera en una joya, pero su madre se negó. Ahora Sarah la sostenía con fuerza en su mano. "Gracias de nuevo mamá".

Dos velas blancas: ella ya las tenía allí en la habitación. Ella las puso en la cama. Tierra. Ahora esto podría ser un poco más difícil, por el suelo helado. Ella salió con una cuchara y un pequeño recipiente. Limpió la nieve alrededor de la base de la casa y puso tres cucharadas de la tierra dura en el recipiente. En su camino de regreso a la habitación, agarró dos conos de incienso del pequeño cajón de la cocina. A su madre siempre le gustaba su olor.

Casi listo.

Finalmente, Sarah necesitaba agua bendita. Esta fue la parte más fácil de todas. Su educación en la iglesia le enseñó que cualquier miembro del cuerpo de Cristo podría usarlo durante la oración para la curación. En realidad, solo el agua del grifo había sido bendecida, pero aquellos en la fe cristiana creían firmemente en su poder. La familia de Sarah había guardado una botella con el aceite de la unción en el armario del vestíbulo solo para ese propósito. Sarah abrió el armario y tiró de la cuerda ligera. Allí estaba, a la derecha, puesto allí como si hubiera estado esperando que ella viniera y lo usara.

"Bueno, hola", dijo. "Aquí estoy".

De vuelta en su habitación, cerró la puerta. Primero, hizo su pentagrama de la cinta, luego agarró un marcador Pluma negro de su escritorio y comenzó. Sarah recogió la tela blanca y escribió 'Ryan Morris' en ella con el marcador. Ahora tenía que dibujar el Ojo de Horus en él, un símbolo generalmente reconocido como de naturaleza egipcia. Ella lo dibujó, luego volvió su atención al libro.

Luego Sara puso el paño sobre el altar en el círculo. Alrededor de ella colocó una vela, la botella de agua bendita, un cono de incienso y la tierra; estos fueron representativos de los elementos.

Ahora cantaría, y mientras lo hacía, tomaría una pequeña cantidad de cada elemento y lo colocaría en la tela.

"Por mi amor,

Hago esto.

Llamo a los poderes que me han permitido,

Para ser parte de ellos.

Aire, Fuego, Agua y Tierra...

Llamo con razón.

Los poderes que me dieron.

Por las diosas y los dioses,

Los poderes dentro de Ryan Morris.

Denle fuerzas para luchar en esta batalla.

Renueven su salud

Esta es mi propia voluntad...

Así que dejen que suceda".

Sarah continuó cantando y agregando los elementos hasta que su espíritu le dijo que ya había hecho suficiente, tal como lo indicaba el libro. Ella sintió que su espíritu hablaba claramente. Finalmente, envolvió los artículos sobrantes en la tela y ató sus esquinas, formando una especie de bolsa. Lo sostuvo en sus manos, deseando su propia fuerza en él durante los siguientes treinta minutos.

Luego lo sacó y lo colocó debajo del roble, en un lugar donde la luz de la luna podría alcanzarlo. El libro le indicó que hiciera esto todas las noches hasta que se completara la curación. Una vez que él estuviera bien, debía enterrar la bolsa, junto con cualquier artículo significativo de su elección, como una ofrenda.

Cuando regresó a la casa, pensó en lo que iba a enterrar con eso. Fue entonces cuando notó los zapatos de Ryan. Se quitó los cordones y los reemplazó con otros nuevos del cajón de la basura. Cuando ella enterró la bolsa, también enterraría los cordones.

Sarah llamó al hospital y le preguntó a la enfermera de la UCI por la Sra. Morris. Según ella, aún no habían cambios en su condición. Ella se quedaría en el hospital por la noche, y su esposo la relevaría por la mañana. Sarah le dijo que mantuviera el ánimo arriba, y que la vería cuando ella regresara allí por la mañana.

Sarah estaba agotada. El hechizo le había quitado muchísima fuerza, y cuando fue a su habitación y se acostó en la cama, se quedó dormida de inmediato. Ella se quedó dormida con Ryan en su mente, su amor y preocupación lo mantenían allí como un prisionero que nunca sería liberado. Su descanso fue perturbado porque tuvo sueños de una persona sin rostro que estaba parada sobre la cama de hospital de Ryan y lo miraba fijamente, con el corazón lleno de intenciones dañinas.

Lo único en lo que ella tenía fe, incluso mientras dormía, era el hechizo que había lanzado; lo pondría bien pronto.

∞

"¿Sarah?". La voz de Kent Hathaway entró por la puerta. "¿Ya estás despierta?".

"Sí, papá", gimió en voz alta. "Ya voy a bajar...".

Se levantó, se envolvió la bata y abrió la puerta de la habitación. El olor a café, tocino y huevos casi la derriba, y su estómago comenzó a gruñir ruidosamente. ¿Cuándo fue la última vez que comió? No podía recordar nada, y ahora estaba hambrienta.

"Buenos días, papá", dijo. "¿No es domingo? ¿Irás a la Iglesia?". Su padre no había podido participar en la asistencia regular a la iglesia debido al trabajo durante meses.

Kent se puso de pie y sirvió una taza de café negro. "Sí", dijo. "Podré ir hoy, está bien". Estaba sonriendo de oreja a oreja, y Sarah descubrió que era contagioso.

"¡Bueno! Me alegro". Ella sirvió su propia taza de café y se sentó en la mesa junto a él. "Hubo un poco de drama aquí ayer, sabes".

Kent se sentó, una mirada preocupada en su rostro. "¿Qué quieres decir? ¿Qué pasó?".

Sarah tomó un sorbo de su café y se pasó la mano por el pelo mientras los restos del día anterior volvían a su mente. "Ryan y yo salimos a caminar, y comenzó a toser, de la nada". Ella tomó otro trago. "Decidimos venir a la casa, ya sabes, para escapar del frío. Cuando llegamos aquí, estaba ardiendo con fiebre y blanco como un fantasma. Lo tuve acostado mientras llamaba a su madre. Empezó a vomitar y, bueno, está en la unidad de cuidados intensivos en Mercy. Cuando me fui ayer, ni siquiera sabían exactamente lo que estaba mal. Si no podían dar un diagnóstico, estaban considerando ponerlo en cuarentena".

Kent miró el rostro de su hija, y ella sabía que él estaba preocupado por ella por encima de todo lo demás. —"Lo siento. ¿Ellos creen que estará bien? ¿Te sientes bien?".

"Creo que estará bien", dijo. "De hecho, estoy segura de eso. Tengo fe, y sí, sorprendentemente, estoy bien. Eso es lo que parece tan extraño. No ha estado cerca de nadie que haya estado enfermo".

Una amplia sonrisa cubrió la cara de Kent. "Es tan bueno escucharte decir eso, Sarah. Ya sabes, eso de que tienes fe. ¿Quieres venir a la iglesia conmigo?".

"Um, realmente no puedo. Se supone que debo estar en el hospital tan pronto como pueda llegar allí". Ella no miró los ojos de su padre; no quería que viera que estaba eludiendo la invitación, a pesar de que estaba diciendo la verdad sobre el hospital.

"Está bien", dijo Kent. "Entonces, supongo que si no nos cruzamos hoy, te veré mañana. Ah, y me aseguraré de presentar una petición de oración para Ryan. Si alguien puede curarlo, es el Señor".

Sarah le ofreció una sonrisa. "¡Te amo papá!".

Kent se levantó y abrazó a su hija, luego agarró su abrigo y fue al garaje para encender el auto. Sarah sirvió otra taza de café y fue a darse una ducha. Ella necesitaba moverse.

En media hora, estaba limpia y vestida, y aguardaba por teléfono a que la enfermera consiguiera al Sr. o a la Sra. Morris. Después de unos minutos, la voz grave del Sr. Morris se puso al teléfono. "¿Hola? Habla Jack Morris".

"Señor. Morris, buenos días. Es Sarah. Iba a ir para allá, pero pensé en llamar y ver cómo están las cosas primero". Sarah esperaba las mejores noticias, o cualquier señal de que su hechizo estaba funcionando.

"Sarah, hola", respondió. "No hemos visto a Ryan todavía, pero la enfermera dice que tienen la fiebre bajo control y que está cómodo. Dicen que está 'durmiendo', que no está en coma. Le están suministrando solución salina y su medicamento vía intravenosa".

Ella suspiró de alivio. "¿Entonces él está mejor?".

"Mejor que ayer, de todas maneras", dijo Jack Morris.

Sarah se permitió sonreír un poco. Las buenas noticias fueron buenas noticias, no importa cuán pequeñas. "Estaré allí pronto entonces, ¿de acuerdo?".

"Nos vemos entonces".

Colgó el teléfono y corrió a su habitación en busca del abrigo, el gorro y los guantes. No le haría ningún bien enfermarse también. Ella necesitaba estar en su mejor forma si iba a ser útil para Ryan.

Mientras estaba en su habitación, tuvo una idea. Ella tenía una cadena de oro que era bastante gruesa; más para un hombre que una mujer, en realidad. Lo sacó de su caja y luego empezó a buscar en el joyero de su madre. Estaba buscando el dije de Ojo de Tigre que su madre había amado. Lo encontró de inmediato y lo miró con una sonrisa. El trozo de piedra estaba envuelto en una espiral de oro, y era tan hermoso que le quitó el aliento. Desde que comenzó a practicar su oficio, había aprendido bastante sobre cristales y piedras; el Ojo de Tigre era un proveedor de protección y fortaleza. Ella misma se lo pondría a Ryan tan pronto pudiera verlo.

Durante su caminata al hospital, Sarah estaba perdida en sus pensamientos. Su mente volvía al día anterior y lo rápido que la enfermedad había vencido a Ryan. Algo dentro de ella le decía que algo no estaba andando bien. Cada vez que pensaba en su repentina tos, fiebre y vómitos, se le revolvía el estómago. Ella nunca había estado predispuesta a las habilidades psíquicas, y de hecho nunca le había dado mucho crédito en ningún caso, pero por alguna razón su espíritu le dijo que algo estaba mal en la situación con Ryan.

∞

Sarah llegó al hospital poco tiempo después y tomó el ascensor hasta la UCI. La primera persona que vio cuando se abrieron las puertas fue al Sr. Morris. Estaba de espaldas a ella, y estaba hablando de una manera muy animada con alguien que Sarah no podía ver.

Ella caminó por el pasillo, esforzándose por escuchar lo que estaba diciendo. Ella se acercó a él y vio al Pastor y a la señora Bailey, y la ira comenzó a arder dentro de su corazón, aunque no sabía por qué. Todo lo que sabía era que parecía que siempre aparecían, e interferían con los hechizos y la magia en la que ella estaba trabajando.

"¡Sarah, hola!". Miriam se puso de pie con una amplia sonrisa en su rostro. Estiró sus manos hacia la chica, pero Sarah dio un paso atrás.

"Hola", respondió ella.

Miriam dejó caer sus manos a los costados. "¡Qué alegría verte! Recién vinimos a orar con Jack y Kate por la curación de Ryan. Ya lo hicimos, pero ¿te gustaría unirte a nosotros para otra oración?".

Inmediatamente, la mente de Sarah se centró en la sonrisa que la señora Bailey tenía en la cara, mientras que Ryan vomitaba en la sala de estar el día anterior, y sintió que su enojo se hacía más brillante. "No. Ya saben, yo paso". Ella no hizo ningún esfuerzo por suavizar los bordes de su tono.

La sonrisa del pastor Bailey vaciló un poco. "¿Estás bien, Sarah?".

Ella asintió, pero no apartó la vista de Miriam. Jack habló en un esfuerzo por romper la tensión. "Justo después de colgar, se despertó, Sarah. Ya lo he visto por unos breves minutos. Tomaban sus signos vitales y hablaban con él, pero apuesto a que están a punto de terminar". Él le tocó el brazo ligeramente para distraerla de la señora Bailey; él notó que estaba molesta. "Adelante; ellos te dejarán entrar. Habitación 419".

Sarah lo miró y asintió. —"Sí, está bien. Ya quiero verlo". Le dirigió al señor Morris una leve sonrisa antes de ofrecerle una mueca de desprecio a Miriam Bailey. Mientras caminaba por el pasillo y miraba los números de las habitaciones, se encontró sintiendo un poco de confusión; ¿Por qué sentía tal resentimiento y aprensión hacia Miriam Bailey, una mujer que había conocido, y que en otro tiempo amó, durante la mayor parte de su vida?

"Habitación 419", susurró cuando llegó a la puerta. Toda la pared frontal de la habitación era de cristal y la cortina estaba abierta, por lo que las enfermeras de la estación que estaba justo enfrente podían observar a Ryan. En este momento, estaba descansando en las almohadas, con los ojos cerrados y su rostro pacífico.

"Tendrás que firmar el portapapeles si quieres visitar a ese paciente", dijo una voz de mujer detrás de ella.

Sarah se volvió y vio a una enfermera joven, de rostro agradable, cara regordeta y cabello castaño rizado. "Oh, claro". Cruzó el pasillo hasta la estación y firmó su nombre en la primera caja vacía que pudo encontrar.

"Solo se le permiten visitas durante quince minutos a la vez, así que intente ser breve", continuó la enfermera. "Él necesitará tener fuerza".

Sarah asintió y luego entró a la habitación de Ryan. Giró su cabeza casi de inmediato, y cuando la vio sus ojos se iluminaron. Todavía se veía terrible, pero se veía mucho mejor que cuando estaba en su casa.

"Hey tú", dijo Ryan.

Sarah sonrió. "Hey tú". Ella le dio un rápido beso en la mejilla y se sentó en una silla al lado de su cama. "No sé si se suponía que debía besarte, pero realmente no me importa".

"Yo tampoco", respondió Ryan con voz débil.

"Vi a los Baileys hablar con tu papá", dijo Sarah ligeramente mientras miraba alrededor de la habitación. "La Señora Bailey dijo que habían orado con él".

Ryan asintió. —"Sí. Empezaron aquí, pero no quería que lo hicieran, así que salieron a la sala de espera".

"¿Son tus padres particularmente religiosos?", preguntó.

Ryan sacudió débilmente la cabeza. "No, en realidad no. Creo que simplemente entraron en pánico porque yo estaba enfermo".

Sarah sintió la tentación de contarle su malestar por la señora Bailey, pero no quería perder su visita en trivialidades. Ella quería saber de él. - ¿Entonces, cómo te sientes?

"Bueno, un poco débil, un poco cansado. Sé que me siento mejor que ayer, pero todavía no estoy cien por ciento recuperado", dijo Ryan. "No me dejarán salir por dos o tres días. No hasta que sepan que estoy estable".

De repente, la enfermera de la estación asomó la cabeza por la puerta. "Cinco minutos más, ustedes dos".

"Está bien", dijo Sarah. Ella se volvió hacia Ryan. "Tengo algo para ti". Se levantó, sacó el collar de oro del bolsillo de su abrigo y lo colgó delante de él. "El dije es de ojo de tigre". Es una piedra protectora que proporciona fuerza al que lo usa".

Ryan sonrió. "Me encanta. ¿Me lo puedes poner?".

Sarah desabrochó la cadena y se la colocó alrededor de su cuello. Ella lo abrochó en la parte delantera y ajustó el broche para que quedara en la parte posterior de su cuello. Ryan sostuvo el dije en su mano y lo admiró. "Gracias, Sarah", dijo con voz ronca. "Nunca me lo quitaré".

"Bien", dijo ella. "Tengo la sensación de que ambos necesitamos toda la protección que podamos obtener". Ella se inclinó y besó su mejilla una vez más. "Date prisa y ponte en forma, Ryan. La vida apesta sin ti, ¿sabes?".

"Sí".

Sarah salió de la habitación y encontró al señor Morris, y la señora Morris se había unido a él; los Baileys obviamente se habían ido a la iglesia. "Creo que me iré. Llámenme si necesitan que haga algo, ¿está bien?".

La señora Morris se puso de pie y la abrazó. "Te mantendré informada, cariño, ¿de acuerdo?".

Sarah asintió. "Mire, señora Morris, ¿podría hablar con usted por un momento?".

La mujer asintió y los dos se movieron por el pasillo para que el Sr. Morris no pudiera oirlas. Sarah la miró y dijo: "No sabía que ustedes eran religiosos".

Kate Morris sonrió. "Nunca lo hemos sido, pero creo que están tratando de convencernos".

"Bueno, crecí en su iglesia, y debo decir que siempre confié en ellos", dijo. "Pero ayer, antes de que usted llegara, cuando Ryan estaba vomitando, la señora Bailey estaba allí. Fui a buscar un cubo para que él pudiera vomitar, y cuando volví, estaba mal. La señora Bailey... bueno, la señora Bailey estaba de pie en el vestíbulo mirándolo, y ella estaba... sonriendo".

Una nube pasó sobre la cara de Kate y su sonrisa se desvaneció. "¿Sonriendo?".

Sarah asintió. "No estoy diciendo que signifique nada, pero me hizo sentir incómoda, y tiendo a escuchar mi corazón, ¿entiende?".

"Gracias, Sarah. Lo tendré en cuenta".

Los dos se abrazaron una vez más y Sarah se fue. Se sintió mucho mejor ahora que Ryan tenía el colgante puesto, y se sintió aún mejor por haberle dicho a la señora Morris esas cosas de la señora Bailey. Sabía que algo no estaba bien, y aunque no estaba segura de lo que era, no iba a ignorarlo.

CAPÍTULO 13

Sarah estaba terminando su turno del martes por la noche en Wonder Mart, y parecía que no podía borrar la sonrisa de su rostro. Ryan saldría del hospital por la mañana y casi no podía esperar. Los últimos dos días de trabajo y escuela sin él habían sido una tortura.

Él le dijo que se sentía como él por primera vez desde el sábado por la mañana. Ella se sintió aliviada. Se había ido a su casa el domingo por la noche y le lanzó un hechizo de protección simple, y combinado con el dije, pensó que iba a estar bien.

En media hora estaría fuera del trabajo. Se suponía que tenía que cenar tarde con su padre, y planeaba hacer tacos. Eran fáciles y deliciosos, por no mencionar el hecho de que eran divertidos. Sarah estaba contenta y feliz.

Dejó el trabajo a las seis y cuarto y se fue a casa con la mochila en la espalda y el ánimo en alto. Llegó a casa rápidamente y se dispuso a preparar la comida para ella y su padre, que estaría en casa a eso de las siete y media. Encendió la radio mientras cocinaba y cantaba mientras cantaba en la cocina.

Su ritmo fue interrumpido por el sonido del teléfono a las siete y cinco. Ella respondió con un alegre: "¿Hola?".

"Sarah, es el pastor Bailey. ¿Cómo estás esta noche?".

El corazón de Sarah se detuvo en su pecho. Si bien no obtuvo malas vibraciones de él, no quería hablar más con él que con su esposa. Ella respiró hondo y mantuvo su tono lo más educado posible.

"Estoy bien, Pastor", dijo. ¿Cómo puedo ayudarle?".

Se aclaró la garganta y su voz tomó un tono serio. "Estoy llamando en nombre de los Morris".

"¿Que está pasando?", ella preguntó, su corazón acelerándose.

"Parece que Ryan ha tenido algún tipo de accidente", respondió en voz baja.

Sarah pensó que su mente explotaría. "¿De qué está hablando?".

"Bueno", comenzó, "por lo que entiendo, Ryan fue llevado al laboratorio para algunos análisis de sangre alrededor de las tres. Querían poder darle un informe de que 'todo está despejado' antes de su alta por la mañana. La enfermera que lo tomó lo llevó de vuelta a su habitación, y ella se tuvo que ocupar de una emergencia. Según ella, lo dejó en su silla de ruedas en el pasillo fuera del laboratorio, pero cuando regresó, se había ido".

"¿Ido?". Ahora la voz de Sarah tenía un tono alarmado. "¿Qué quieres decir con que se ha ido?".

Él continuó. "La seguridad y otro personal del hospital comenzaron a buscarlo en todo el hospital. Después de todo, solo tenía puesto el pijama del hospital y no llevaba zapatos. Lo encontraron una hora más tarde al pie de la escalera de emergencia entre el segundo y el tercer piso".

"¡Oh Dios! Iré para allá ahora mismo", dijo, su voz rayaba en la histeria.

"No entres en pánico, Sarah", dijo el hombre. "Él... él no está consciente, y no lo ha estado desde que lo encontraron, pero está siendo cuidado por los mejores".

Sarah colgó el teléfono y lo miró como si fuera una serpiente. ¿Qué rayos había sucedido? Alguien tuvo que haberlo empujado; ciertamente no se lo hubiera hecho a sí mismo. ¿Qué hay del dije protector que ella había colgado en su cuello? ¿Por qué no funcionó? Ella había leído solo los mejores libros sobre ese tema, y estaba confundida y asombrada de que no funcionara.

Apagó los quemadores de la cocina y escribió una nota para su padre, que tenía que cenar en casa. Incluso mientras se ponía el abrigo, el gorro y los guantes, se sentía desapegada e insensible. Su mente corría un millón de millas por hora mientras trataba de resolver las cosas.

La caminata hasta Mercy General fue un borrón para ella. Tan preocupada estaba por Ryan que casi fue atropellada por un automóvil cuando cruzó Easter Boulevard. El cuasi error la devolvió a la realidad, y continuó su camino un poco más consciente de su entorno.

Sarah bajó del ascensor en la Unidad de Cuidados Intensivos e inmediatamente vio al pequeño grupo de personas reunidas junto a la estación de enfermeras .El Sr. y la Sra. Morris estaban en compañía del Pastor y la Sra. Bailey una vez más, e inmediatamente su piel comenzó a erizarse. Apartó los pensamientos negativos de su mente y se acercó a ellos rápidamente.

"Estoy aquí", le dijo a la Sra. Morris. "¿Qué ha sucedido? ¿Podemos hablar a solas?".

Los ojos de Kate Morris estaban bordeados de rojo como lo habían estado durante los últimos días. Ella se separó de su marido y de los esposos Bailey, para poder hablar con Sarah en privado. Se secó los ojos con un trozo de tela andrajosa y comenzó.

"Realmente no saben lo que pasó", dijo Kate. "Supuestamente, una de las enfermeras lo llevó en la silla de ruedas para que le sacaran un poco de sangre y le hicieran una radiografía de tórax; querían asegurarse de que todo estaba bien antes de su alta y querían asegurarse de que no tuviera neumonía ni nada".

Kate se sonó la nariz y continuó. "Acababan de terminar la radiología cuando un paciente de emergencia fue llevado por ellos en estado de pánico. La enfermera dice que frenó la silla de ruedas de Ryan y le preguntó si estaría bien por un momento mientras ella ayudaba con el otro paciente, y según ella, él le dijo que sí. Ella dijo que estaba bien, incluso sonriendo".

"Cuando ella regresó, él se había ido. Llamó para acá arriba pero no lo habían visto. Pronto buscaron todo el hospital y, finalmente, lo encontraron al pie de las escaleras, entre los pisos de la escalera de incendios". Kate se sonó de nuevo cuando nuevas lágrimas comenzaron a caer. "¡Está en coma, Sarah! ¡No sé qué hacer!".

Sarah abrazó brevemente a la mujer afectada por la pena antes de apartarse suavemente. Ella caminó unos pocos pasos hacia las ventanas de su habitación. Ryan estaba conectado a todo tipo de máquinas; su rostro era negro y azul, y él estaba inmóvil.

Ella regresó con Kate Morris. "¿Qué pasó con el collar que le di?".

Una mirada confundida apareció en su rostro. "¿Collar?".

"Sí. Le di un collar con un dije de ojo de tigre en la mañana", dijo. "Era para su protección y salud. Él no lo está usando ahora".

Kate miró por el cristal antes de volverse hacia Sarah. "No lo sé. Recuerdo haberlo visto ahora, pero no sé qué podría haberle pasado. Hace un momento me llevé algunas de sus cosas a casa, como sus zapatos y su ropa, y traje otras limpias para que se vistiera en casa. Quizás la enfermera lo empacó con la ropa sucia".

Kate caminó hacia la estación de enfermeras. "Disculpe", comenzó. "¿Quién empacó las cosas de Ryan Morris para que su madre se las llevara a casa hace un momento?".

La enfermera, una mujer negra y regordeta, miró hacia su izquierda y luego señaló a una enfermera rubia y delgada que se encontraba a metro y medio de distancia. "Esa fue la enfermera Coburn".

Sarah caminó hacia el lugar en la estación donde la enfermera Coburn estaba escribiendo en una tabla. "¿Enfermera Coburn? Soy Sarah Hathaway; Soy la novia de Ryan Morris. Me dijeron que empacaste su ropa sucia para que su madre se la llevara a casa".

La mujer la miró con ojos cansados. "¿Por qué? Sí, sí lo hice".

"¿Por casualidad empacaste un collar con dije de ojo de tigre en una cadena de oro? Lo estaba usando cuando me fui". El pie de Sarah dio unos golpecitos impacientes mientras hablaba.

La enfermera Coburn tuvo una mirada pensativa en su rostro. "Sabes, vi ese collar antes de que lo bajaran para laboratorios y radiografías. Lo estaba usando. Tal vez la enfermera que lo tomó lo sabría. No lo habrían dejado usar para sus rayos X".

Sarah luchó por ser paciente y mantener la compostura. "¿Qué enfermera lo escoltó para las pruebas?".

La mujer movió la pila de tablas frente a ella y finalmente abrió uno que debe haber pertenecido a Ryan. Deslizó su dedo por una hoja y luego miró a Sarah. "Kelly Smith lo tomó. Ella está en el salón de enfermeras en su descanso. ¿Quieres que la llame?".

"Por favor hazlo", dijo Sarah.

La mujer agarró el auricular del teléfono y marcó algunos números. Después de un momento, ella dijo: "¿Kelly Smith todavía está allí?". Ella se pausó por un momento. "¿Podrías por favor hacerle saber que se requiere su presencia en la estación de enfermeras de la UCI lo antes posible?".

Ella colgó el teléfono. "Ella estará aquí momentáneamente, señorita".

"Gracias", dijo Sarah. Comenzó a caminar de un lado a otro, su mente pensando mil cosas. Por supuesto, se lo habrían quitado durante los rayos X. No habrían sabido lo importante que era; ellos no habrían sido más sabios.

Una pequeña pelirroja que vestía uniforme con pollitos por todas partes se acercó a la estación de enfermeras. Ella habló con la enfermera Coburn. "¿Me llamaste?".

"Sí, Kelly. Esta jovencita aquí necesita hablar contigo".

Sarah sonrió levemente a la mujer. "¿Usted llevó a Ryan Morris para sus pruebas hace un rato?".

"Sí, y lo siento mucho", comenzó.

Sarah la interrumpió. "Sé que lo sientes. Me preguntaba qué le habría pasado al collar de ojo de tigre que llevaba puesto".

Los ojos de la enfermera se iluminaron inmediatamente. "¡Sí! Él estaba usando uno, y le ordenaron que se lo quitara. Iba a ponerlo con sus otras cosas, pero la mujer que estaba hablando con él se ofreció a dárselo a su madre. Se lo dimos a ella y luego se fue para venir hasta acá arriba".

"¿Mujer?". Preguntó Sarah, su corazón se saltó un latido.

"Sí, ¿por qué?", dijo Kelly. "Fue esa mujer", la volvió a señalar. "La que sube al ascensor ahora".

Sarah miró el ascensor por el pasillo justo a tiempo para ver a los Bailey antes de que cerrara la puerta; Miriam Bailey estaba mirándola y sonriendo.

"Gracias", dijo ansiosamente.

Se dirigió hacia el ascensor y abrió la puerta de la salida de incendios, bajando las escaleras de dos en dos. Abrió la puerta del primer piso para ver al pastor y la señora Bailey saliendo por las puertas principales del hospital. Ella no perdió tiempo en correr para alcanzarlos.

"¡Señora Bailey!". La mujer no se dio vuelta, así que Sarah aceleró el paso. Justo cuando llegaron a su automóvil ella los alcanzó. Agarró a Miriam por el hombro y la hizo girar. "¿No escuchó que la estaba llamando?".

Miriam pareció aturdida por un momento, luego se cubrió la cara con una sonrisa. "¡Sarah! Hola. ¿Qué necesitas?".

"Necesito el collar que usted tomó de Ryan cuando le estaban haciendo las pruebas", dijo ella en un tono práctico.

La sonrisa de Miriam creció. "Se lo di al Sr. Morris. Es probable que todavía lo tenga".

Sarah la miró por un momento, luego dijo: "Oh, gracias. La señora Morris no sabía nada al respecto. Verificaré con él".

Ella no se quedó para charlar. Sarah quería hablar con Jack Morris de inmediato. Cinco minutos después, ella estaba bajando del ascensor y fue a donde estaba la pareja, en las sillas del área de visitantes.

"¿Señor Morris?", dijo.

Él se volvió hacia ella de inmediato. "Sarah, ¿qué sucede?".

"Me preguntaba sobre el collar que llevaba Ryan", dijo. "La que la Sra. Bailey le entregó".

Una expresión de pura confusión apareció en su rostro de inmediato. "No tengo ningún collar. ¿De qué collar estás hablando?".

El corazón de Sarah se hundió. Tenía la sensación de él decía la verdad, y estaba furiosa por haber creído la historia de Miriam Bailey. La mujer había conseguido distraerla, pero bien. Ella gruñó en voz alta. Sabía con certeza en su corazón que, por alguna razón desconocida, la mujer no era buena. Ella necesitaba descubrir qué y por qué.

"¿Alguno de ustedes se molestaría si fuera a su casa? Necesito mirar en la habitación de Ryan. Tengo que encontrar el collar; es una reliquia". La mentira cayó fácilmente de su lengua.

Jack Morris se puso de pie y sacó el anillo de llaves del bolsillo. "No, para nada. Entiendo". Sacó la llave derecha del anillo y se la dio a Sarah. "¿Volverás cuando hayas terminado? Tengo que trabajar por la mañana y la Sra. Morris no se irá. No quiero que esté sola".

"Absolutamente", respondió Sarah mientras le quitaba la llave de la casa. "Regresaré dentro de una hora; ¿le parece que es pronto?".

Se sentó junto a su esposa, que se inclinó sobre él con la cabeza apoyada en su hombro. —"Por supuesto. Te veremos pronto".

Sarah insertó la llave en la cerradura de la puerta de entrada de la casa oscura y sin vida de los Morris. La giró y abrió la puerta lentamente, luego extendió la mano hacia la derecha y accionó el interruptor de la luz, iluminando la sala de estar. Ella entró a la casa y cerró la puerta con seguridad.

La única habitación que quería ver era la de Ryan. Ella había estado en la casa de Morris innumerables veces desde que conoció a Ryan, y ahora el lugar parecía estar muerto. Por lo general, la señora Morris estaba dando vueltas y riéndose, pero ahora todo parecía frío.

Sarah recorrió el corto pasillo y cuando llegó al espacio de Ryan, abrió la puerta y encendió la luz. Su habitación parecía como siempre: ordenada y limpia. Su madre siempre mantuvo las cosas ordenadas para Ryan y su padre.

Entró y miró a su alrededor, sintiéndose un poco aprensiva al principio; la habitación parecía tan diferente sin Ryan en ella. Ella casi sintió como si estuviera husmeando pero se sintió obligada a descubrir el lío en el que estaba Ryan. Sarah apartó de su mente los pensamientos y sentimientos negativos y centró su atención.

Ella había leído un capítulo en 'Witches Creed' en el que no podía dejar de pensar. Explicaba en detalle sobre la brujería blanca y la brujería negra. Hablaba de cómo las brujas enemigas llegarían a extremos locos para lanzar hechizos sobre personas que consideraban un obstáculo para su propia agenda personal. Aunque le sonaba loco, eso era exactamente lo que ella presentía que estaba pasando.

Sarah creía que la bruja negra en este caso no era otra que Miriam Bailey, la esposa del pastor de la Iglesia de Cristo de Paradise.

Incluso mientras lo pensaba, creía que podía ser paranoica, o posiblemente incluso estar loca. Conocía a la señora Bailey de toda su vida; las sospechas que tenía no tenían sentido. Pero cuanto más pensaba Sarah sobre los hechos y las circunstancias, más se convencía.

Se volvió hacia la puerta del armario a su derecha y la abrió. La ropa de Ryan colgaba prolijamente de la barra en perchas; el estante superior estaba repleto de juegos de mesa y libros, y el suelo estaba perfectamente alineado con los zapatos. Ella cerró la puerta y caminó hacia su escritorio.

Su computadora portátil estaba cerrada y apagada. La mochila de Ryan estaba apoyada contra el escritorio en el piso. Ella sacó la silla y miró debajo, pero no había nada debajo. Sarah volvió a empujar la silla y se volvió hacia la cama.

Estaba arreglada a la perfección; no había una arruga en ella. La mesita de noche al lado de la cama tenía un vaso de agua medio lleno y un radio despertador. Sarah sacó el cajón, que contenía varios pares de auriculares y un reproductor de mp3; del resto, estaba vacío.

Se dejó caer en la cama y miró a su alrededor. Todo era normal, excepto por el hecho de que Ryan no estaba allí. Sarah tenía que ser sincera consigo misma: no tenía idea de lo que estaba buscando, pero no iba a rendirse tan fácilmente.

Miró al piso. No se veía un fragmento de papel o tierra en la alfombra roja. Justo cerca de la mesita de noche, sentada en el suelo, había una bolsa de plástico con asas de plástico duro. La bolsa estaba marcada con grandes letras azules: Pertenencias del Paciente. Agarró las asas y vertió el contenido en la cama junto a ella. Jeans, una sudadera y un par de calcetines pesados. Era la ropa que Ryan llevaba el día que se enfermó en la casa de Sarah. La señora Morris estaba tan mal que ni siquiera los había lavado; ella simplemente los había dejado aquí para encargarse de eso después.

Sarah notó una sustancia blanca y polvorienta cerca del dobladillo de la manta. Estaba en la alfombra y estaba oculto por la colcha. Ella se inclinó y lo tocó con los dedos y se los llevó a la nariz. No tenía olor que ella pudiera detectar. Sarah se arrodilló y levantó la colcha para echar un vistazo.

De repente, ella contuvo la respiración y rasgó la colcha de la cama, arrojándola al suelo y haciendo volar la almohada. Debajo de la cama había un pentagrama; estaba hecho del polvo blanco, y era perfecto. Dentro del pentagrama había un fajo de tela negra anudada en la parte superior. Una piel de serpiente estaba en el interior del círculo también.

Sarah experimentó miedo y furia de una vez. Buscó la tela negra con movimientos vacilantes, luego se obligó a acelerar el paso. En una inspección más cercana, estaba obviamente atada en nudos, un pedazo plano de tela formado en una pequeña bolsa.

Sarah desató la tela y expuso su contenido. Dentro había un pequeño frasco de sangre, un enorme insecto que Sarah reconoció como una especie de insecto palo, su cuerpo se partió en dos y un pequeño hueso en las patas de algún animal. Ella se echó hacia atrás y respiró profundamente e intentó despejarse la cabeza.

Alguien había lanzado maldiciones sobre Ryan Morris.

Cogió la tela negra y su contenido, los volvió a guardar y se los guardó en un bolsillo interior con cremallera en su parka. Le dio al pentagrama una última buena mirada antes de salir de la habitación. La única cosa en la mente de Sarah en ese punto era llegar a casa lo más pronto posible y obtener su copia de 'Witches Creed'.

El clima afuera era claro pero muy frío; el aliento de Sarah se desplomó mientras caminaba lo más rápido que podía hacia su propia casa. Lo primero que notó cuando se acercó fue que el automóvil de su padre estaba en el camino de entrada. Con suerte, no intentaría detenerla para hablar.

La puerta de entrada se abrió de par en par cuando la tiró hacia adentro. Corrió por el pasillo principal, cruzó la cocina y se dirigió a la escalera. Su padre estaba sentado a la mesa, pero se levantó tan pronto como la vio.

"¿Sarah? ¿Qué sucede? ¿Ryan está bien?". Preguntó con una mirada de preocupación en su rostro.

Ella aceleró a su lado y respondió: "No puedo hablar contigo en este momento, papá. Tendrás que darme un minuto".

Sarah subió las escaleras y en su habitación en un instante. Cerró la puerta y corrió hacia su escritorio. Allí, encima de todo lo demás, estaba el libro 'Witches Creed'.

"¿Dónde lo leí?", se preguntó mientras abría el libro a la tabla de contenidos y pasaba el dedo por la lista. Durante los siguientes tres minutos, Sarah dio vueltas y más vueltas por las páginas frenéticamente, de pronto ella dijo: "¡Aquí!".

Ella comenzó a leer para sí misma.

Las siguientes cuatro páginas se llenaron con información sobre brujas negras. Ellas también podían lanzar hechizos, pero solo lo hacían para causar daños. Por lo general, las maldiciones dañinas que emiten se usan de una forma u otra para atraer a otra bruja, generalmente una bruja blanca o una buena bruja, bajo el poder y la autoridad de la bruja negra. Las maldiciones fueron lanzadas en un malvado esfuerzo por obtener el control.

Hubo una variedad de hechizos diferentes que utilizaron, y cada uno tenía una lista de ingredientes o elementos utilizados en el conjuro. A veces reptiles muertos, otras cosas mucho peores. Cada elemento representaría la maldición que se estaba emitiendo. Sarah solo quería encontrar tres ingredientes: sangre, insectos y huesos.

Después de un breve momento ella encontró los tres: la sangre representaba la maldición de la enfermedad. La cantidad de sangre que se usó para e conjuro determinó la gravedad de los síntomas. Normalmente, la sangre se toma de un animal, no de la víctima deseada.

El insecto palo representa estar físicamente roto, ya que la criatura misma será asesinada por la bruja negra que está haciendo el hechizo partiéndola en dos.

Un hueso era representativo de la muerte, como huesos en una tumba.

CAPÍTULO 14

Sarah se sentó en silencio, mirando el libro mientras trataba de procesar la información que había recibido. De acuerdo, Ryan había sido maldecido por una bruja negra. Fue una maldición triple: Ryan se enfermó, luego el cuerpo de Ryan se rompió en la caída por las escaleras.

Por lo que Sarah estaba juntando, la tercera maldición traería la muerte de Ryan.

Había un sonido claro en la puerta de su habitación. "¿Sarah?".

Ella saltó y puso el libro y el bulto negro debajo de la almohada en la cama. "Ya voy".

Sarah abrió la puerta para ver a su padre parado allí con aspecto demacrado y preocupado. "Hola papá. Lo siento; han estado sucediendo muchas cosas".

"Bueno, te ves agotada, y me dejaste una nota diciendo que algo pasó con Ryan". Kent cruzó sus brazos sobre su pecho. "Entonces, ¿qué está pasando?".

"Ryan tuvo una mala caída por las escaleras en la salida de incendios", comenzó, "de alguna manera se escapó de una enfermera y cuando finalmente lo encontraron estaba en un rellano, todo golpeado. "Él está en coma".

Su padre tomó una respiración profunda. "Señor, oraré por ellos mientras estoy en el trabajo. Tengo que irme; Llamaré a los Morris cuando llegue a casa y veré si puedo hacer algo".

Sarah dio un paso adelante y le dio un abrazo y un beso en la mejilla. "Creo que voy a dormir", respondió ella. "Estoy muy cansada".

"Buena chica". Kent la abrazó y después de una rápida despedida se dirigió al piso de abajo. Sarah estaba de pie en la puerta de su habitación, escuchando el sonido de la puerta de entrada cerrándose con seguro. Cuando escuchó eso, hizo lo mismo con la puerta de su habitación y se sentó en la cama para calmar su respiración.

Ella supo; ella sabía en su corazón quién era la bruja negra, pero el conocimiento solo la estaba impresionando demasiado. Desde que dejó la iglesia y comenzó a caminar por su propio camino, Miriam Bailey había estado actuando... de forma extraña.

Dejando a un lado su comportamiento exterior, toda su disposición y afecto le dejaron un mal sabor de boca. En más de una ocasión, se había sentido incómoda ante la presencia de la mujer. Había sido por la forma en que sonreía en los momentos más inoportunos. Era por la forma en que le había mentido a Sarah en el estacionamiento de Mercy General sobre el collar de ojo de tigre.

Pero, ¿por qué? ¿Por qué una mujer que Sarah siempre había conocido como un buen ejemplo cristiano y un pilar de la comunidad, estaba jugueteando con la brujería? ¿Por qué las maldiciones lanzadas apuntaban al pobre Ryan?

Sarah caminó hacia su escritorio y agarró su copia de 'Black Manifest'. Tenía que descubrir si había algo que pudiera hacer para contrarrestar la maldición triple por la que Ryan estaba luchando; lo mismo que podría matarlo. Ella comenzó a revisar sus libros atentamente.

∞

Miriam Bailey estaba sentada sola en su habitación frente a su tocador. Ella estaba pasando el cepillo por su cabello como lo hacía todas las noches. Mientras se cepillaba, ella admiró su reflejo con obvio orgullo.

Ella había sido una bruja toda su vida. No recordaba una ocasión en que alguna vez haya usado sus habilidades en una nota positiva o beneficiosa. Cada hechizo y maldición que alguna vez había emitido, cada decisión que tomaba en su vida cotidiana, estaba diseñada para ayudarla en su objetivo final.

Esta fue la quinta vez, en todos sus años, que engañó intencionadamente a una buena bruja, una verdadera bruja, hasta el punto de que cayera bajo su dominio. No le molestaba en absoluto jugar los largos y prolongados juegos que tenía que jugar con los que la rodeaban; el pago era demasiado grande. Después de todo, ella vivía para hacer eso, literalmente.

Llevaría a Sarah Hathaway a la sumisión a través del dolor, como le había estado haciendo a las buenas brujas durante años. Miriam lo planeó con el mayor detalle.

Los hechizos negros eran tan pero, tan poderosos. Había sido tan fácil sacar a Emma Holt de la vida de su nieta Sarah, y eso fue solo el comienzo del juego. Luego vino la muerte de su perro, Mitzi. Todo lo que Miriam hizo fue sentarse en su auto y ver a Sarah caminar con su perra y rebotar esa pelota. Un hábil movimiento de su dedo índice y la pelota salió volando. Un empujón de su mano por el aire y el perro la siguió, justo a tiempo para que un accidente le quitara la vida.

Luego, por supuesto, estaba la madre de Sarah. Para invocar el cáncer que le quitó la vida tan rápido, Miriam tuvo que usar una pinta llena de sangre para realizar la maldición. La mezcló con la sangre de un sapo verrugoso, y en poco tiempo, la mujer sucumbió al cáncer. La había comido viva.

En ese momento, Sarah no era más que una herida abierta andante. Perdió su amor por Dios y la iglesia, y se sintió completamente sola. Para una talentosa joven inteligente en esa posición, la brujería era la solución ideal. Todo lo que Miriam tuvo que hacer fue ponérselo en su cara.

Luego vino Ryan Morris, y Miriam comenzó a preocuparse. El amor, en todo su poder, es lo único que puede distraer a una buena bruja que estaba siendo perseguida por los malos. Sarah Hathaway era mala para el chico. Para decirlo simplemente, él tenía que desaparecer. Ella usaría al joven maldecido para hacer que Sarah corriera a sus brazos.

Ella la chantajearía con la vida de alguien a quien amaba. Una vez que se rindiera, sería sacrificada a los dioses negros y, a su vez, le darían omnipotencia a Miriam, engañaría a la muerte y ella se mantendría joven, al menos hasta el próximo ciclo.

Siempre escogía a un pastor o reverendo para casarse y establecerse cuando elegía un pueblo donde instalarse; siempre eliminaba la sospecha completamente de la mente de la congregación y de la población local. Podía concentrar sus energías en una chica, una que se estaba pasándolo mal, una que estaba enojada con su dios, y ella la atraería, a través de hechizos, hacia la brujería.

Sarah era fuerte. Ella sería un sacrificio perfecto; fuerte y hermosa. Una vez que fue entregada a los dioses, Miriam no solo sería poderosa, sino que viviría otros cincuenta años. Eso sería cuando los dioses necesitaran un sacrificio nuevamente.

Ella fue paciente. Esperaría a que la jovencita fuera a buscarla, y ella lo haría, y Miriam lo sabía. Siempre lo hacían; ellas siempre venían.

CAPÍTULO 15

Sarah llamó al hospital y habló con el padre de Ryan. Ella le preguntó si vendría a buscarla y la llevaría de regreso al hospital. Ella había aceptado quedarse con la Sra. Morris, para que él pudiera irse a casa y dormir. Ella tomaría los dos libros en su bolso, y los leería en cualquier oportunidad que tuviera, incluso si eso significaba ir al baño para tener privacidad.

Sin embargo, el viaje al hospital fue breve y agradable. El Sr. Morris estaba agotado, y se le notaba. No hizo mucho esfuerzo sin sentido para conversar con ella, sino que le preguntó si encontraba lo que estaba buscando en la habitación de Ryan. Ella le dijo que no, y el tema fue abandonado.

Encontró a Kate Morris en una silla reclinable de estilo institucional en la habitación de Ryan. Ella tenía una manta sobre ella y de espaldas a la puerta; Ni siquiera se movió cuando Sarah entró. Como ella por fin estaba durmiendo, dejó a la mujer sola.

Otra silla estaba en el extremo opuesto de la pared, por lo que Sarah se puso cómoda y sacó 'Black Manifest' de su bolso. Era el único que no había visto en todo este tiempo, por lo que era un buen lugar para comenzar. Una mirada al reloj en la pared le dijo que eran casi las once y quince; ella comenzó a leer.

Al principio, no leyó nada que incluso le diera la menor idea de lo que podría estar pasando. ¿No entendía por qué la señora Bailey, si realmente era la bruja negra, estaba lanzando maldiciones manteniéndola bloqueada? Ella insistió en saber que la vida de Ryan estaba en juego.

A la una y media de la madrugada, Sarah estaba viendo doble y sus ojos le estaban picando. Se puso de pie y se estiró salió a la estación de enfermeras. "¿Hay algún lugar donde pueda tomar una taza de café, por favor?".

Una enfermera de mediana edad con arrugas alrededor de los ojos y un bonito cabello castaño señaló a Sarah por el pasillo. "La tercera puerta de la izquierda es un espacio para visitantes". Ella fue hacia allá rápidamente.

Regresó a la habitación de Ryan quince minutos y dos tazas de café más tarde. Ella se había traido un tercer café de vuelta a la habitación con ella y retomó donde lo había dejado su lectura en 'Black Manifest'.

Dos capítulos más tarde, ella se sentía muy desanimada. Decidió leer uno más, y luego dormiría un par de horas antes de comenzar la mañana. Ella se sentó derecha y un poco inclinada hacia adelante en la silla para evitar quedarse dormida mientras leía.

Renacimiento de la Bruja Negra

Las brujas negras son volátiles, odiosas y desviadas por naturaleza. Las cosas a las que aplican su brujería siempre se pueden remontar a sus deseos, por lo tanto, los hechizos y maldiciones siempre son dañinos y perjudiciales para los demás. Pero aquellas que son los peores por lo general enfocan todas sus energías y poder en su propio renacimiento.

El Renacimiento no es perseguido por cada bruja negra. Aquellas que quieren, no solo recorrer la Tierra por la eternidad, sino también controlar todas las circunstancias y las personas que las rodean, son las mismos que llevan a cabo un ciclo de Rituales de Renacimiento.

El Renacimiento permite al perseguidor, la bruja negra, obtener poder y fuerza infinitos, y hará que la muerte no tenga poder sobre ese individuo durante cincuenta incrementos anuales. Cuando los cincuenta años estén listos para expirar, la bruja debe comenzar nuevamente el Ritual de Renacimiento.

Para que esto se pueda obtener, la bruja negra debe descubrir una buena bruja o crear una a través de un hechizo y un señuelo. La bruja negra debe entonces crear cualquier serie de eventos para descontrolar a la bruja blanca para que se someta y se rinda ante ella. Una vez que se logra la rendición total, la buena bruja es sacrificada a los dioses oscuros.

Ahora la bruja negra ha pagado la tarifa por otros cincuenta años de vida.

Eso era todo; Sarah había encontrado lo que estaba buscando.

Miriam Bailey era una bruja negra, y Sarah Hathaway iba a ser su sacrificio a los dioses oscuros para que ella pudiera vivir.

La golpeó como una tonelada de ladrillos. De repente, toda la confusión y el caos en la mente de Sarah se unió, y todo tenía perfecto sentido. Ella había sido preparada para esto toda su vida. Miriam Bailey la había elegido y la había perseguido, y luego había robado a sus seres queridos y la había atraído. Iba a matar a Ryan para sellar el trato.

Probablemente había estado trabajando en el plan desde que ofreció su último sacrificio; sus cincuenta años deben estarse agotando. Ahora todo lo que Sarah tenía que hacer era descubrir si había una forma de salvar no solo la vida de Ryan, sino también su propia vida.

CAPÍTULO 16

Los lunes por la mañana, las oficinas en la Iglesia de Cristo de Paradise, estaban bastante ocupadas. Todos no solo estaban llevando a cabo actividades regulares para la iglesia, sino que también estaban preparando las cosas para el próximo domingo. El pastor, Miriam, y el tesorero de la iglesia, por lo general tenían una serie de reuniones durante toda la semana, la primera era a las nueve de la mañana del lunes. Repasarían los recibos que tendrían que pagarse esa semana, así como cuánto aportó la iglesia en la ofrenda del domingo.

Habían varios maestros de escuela dominical que también se reunirían con ellos para discutir y planificar las lecciones de la próxima semana. Había un maestro de grupo de primaria, un maestro de secundaria, escuela secundaria y de adultos. También estaba el pastor de los Niños, y él planearía los pequeños sermones para los niños que no asistían a los servicios para adultos.

El único otro empleado de la iglesia que trabajaba los lunes era la secretaria de la iglesia, Laura McCain. Laura tenía cuarenta y siete años y había venido al Señor solo cinco años antes. Ella no estaba casada, no tenía hijos, y la congregación la quería mucho. No solo eso, sino que desde que se mudó a Paradise desde California hace cinco años, se había convertido en parte de la 'familia' allí; todo el pueblo la conocía y era muy querida.

Ella era una mujer de voz suave a la que no le gustaba hablar de sí misma. Siempre escuchaba las vidas y los problemas de los demás, y si había algo que ella podía hacer, cualquier cosa, por cualquier persona, Laura McCain era la primera en ofrecerse como voluntaria. Cualquier miembro de la iglesia o residente de la ciudad se desvivía por la mujer.

Pero había mucho más acerca de ella de lo que parecía a simple vista. Debajo de su rostro amoroso y amistoso había una mujer que, durante casi toda su vida adulta, había sido una bruja. Ella creció en la brujería, y la vivía todos los días hasta ese momento fatídico hace cinco años cuando Jesús salvó su alma.

Laura había vivido la vida de una bruja negra. Ella había herido y asesinado y había destruido más vidas para apaciguar a los dioses oscuros de lo que ella podía contar o incluso recordar. Era una carga que se había vuelto demasiado pesada. Ella entregó su vida a Dios, y aunque ahora moriría, habiendo abandonado sus votos negros, nunca había sido más feliz en su vida.

Durante los primeros tres años y medio que asistió a la iglesia, ella creía firmemente que había encontrado el cielo en la Tierra. Ella vivía en una pequeña casa ordenada, tenía muchos amigos y tenía su conciencia limpia. Pero hace un año y medio todo eso comenzó a cambiar.

La pianista de la iglesia, Emma Holt, había muerto.

Ahora eso, pensándolo bien, nunca habría llamado la atención de Laura. Todos el mundo muere, incluyéndola a ella ahora. Pero la muerte de la Sra. Holt apestaba a maldad. La mujer había sido una santa, pero su muerte estaba manchada de hedor. Laura no sabía quién, pero alguien había orquestado la muerte de esa mujer con brujería. Su alma se lo decía.

Ella sacudió esos pensamientos, y después de un tiempo incluso se convenció a sí misma de que era un mal caso de viejos hábitos y creencias de fanatismo. Luego, después de pasar el tiempo suficiente, otro miembro de la iglesia se enfermó de muerte: Amelia Hathaway. La noche después de su entierro, Laura soñó que una joven adolescente estaba siendo perseguida por una mujer sin rostro, vestida de negro. Ella se despertó gritando y sudando.

Ella había soñado con el Ritual de Renacimiento.

En ese momento, Laura McCain estaba convencida de que alguien en la iglesia era una bruja practicante, y no de las buenas.

Ahora estaba sentada en la recepción de la oficina principal de la iglesia, y aunque estaba tratando de diseñar los boletines para el domingo siguiente, su mente siguió vagando, y violentamente. Un minuto estaba escribiendo en el teclado de su computadora, y al siguiente apareció una imagen de una chica con una garganta cortada frente a sus ojos. Escribiría un poco más, y luego vería en un instante a un perro blanco y negro con la cabeza metida debajo de un neumático de camión.

Laura pensó que se estaba volviendo loca.

A las dos en punto ella no podía soportarlo más. Salió al pasillo y echó un vistazo dentro de las estrechas ventanas de todas las habitaciones por las que pasaba. Finalmente, ella vio a la maestra de escuela dominical de la escuela secundaria. Justo a quien ella estaba buscando.

Abrió un poco la puerta y dijo: "Naomi, ¿podría hablar contigo en privado por un momento?".

La mujer sonrió y se excusó, luego se unió a Laura en el pasillo. "¿Sí, Laura?".

"Me estaba preguntando, parece que me enteré de que algo le estaba sucediendo a uno de los adolescentes de la ciudad, por el que oramos ayer", comenzó. "No puedo recordar su nombre ahora, pero ¿sabes lo que le pasó?".

Naomi asintió y una expresión de pena apareció en su rostro. "Oh, sí. Ese chico y su familia no son miembros de la congregación, pero su novia solía serlo, y su padre todavía lo es. De hecho, él trajo la petición de oración ayer". Ella aclaró su garganta y continuó. "Estaba enfermo con un caso grave de gripe u otra infección, y terminó en Mercy General. Al día siguiente, él estaba mucho, mucho mejor, así que los doctores planearon darle de alta. Cuando lo llevaron a las pruebas finales, supongo, se separó de su enfermera y desapareció. Lo buscaron y lo encontraron cerca de un acceso a la escalera de incendios. Tuvo una conmoción cerebral grave y ahora está en coma. Parecía que bajó las escaleras en su silla de ruedas".

Laura escuchó sin mostrar expresión en su rostro, pero su corazón latía con fuerza. "Dijiste que su novia solía asistir; ¿Cuál era el nombre de esa chica?".

"La recuerdas, Laura", le recordó Naomi. "Era la nieta de Emma Holt, Sarah Hathaway. Disculpa, tengo que volver a entrar".

Laura le dio a la mujer una sonrisa y un asentimiento. —"Por supuesto. Gracias Naomi".

Caminó lentamente hacia su escritorio, su mente puesta en Sarah Hathaway. Sí, recordaba claramente a la chica, aunque nunca habían hablado más allá de los saludos mutuos en la iglesia. Ella conocía mejor a los padres de Sarah; Amelia había sido voluntaria durante gran parte de su tiempo en la iglesia antes de su muerte, y había hablado brevemente con Kent Hathaway en varias ocasiones antes y después de los servicios.

Ella se sentó en su escritorio y continuó con su secuencia de pensamientos. Si hubiera sido una mujer de apuestas, habría apostado dinero en esto: Sarah Hathaway era la chica que había sido atraída, y la atracción había tenido éxito. Ella ya no era miembro de la iglesia, según Naomi. Fuera quien fuera la bruja negra, ella había logrado causar un daño tan emocional y espiritual a la chica que la atrajo fácilmente a la brujería. Las muertes y pérdidas sufridas por lajovencita habían sido orquestadas, y tuvieron éxito en su propósito.

Sarah Hathaway era una bruja blanca, y ahora su novio estaba siendo atacado tan violentamente que Sarah eventualmente se ofrecería a la bruja negra en su lugar. Entonces ella sería sacrificada a los dioses oscuros, y la mujer que era responsable obtendría un poder inimaginable, y ella viviría, joven y fuerte, durante varios años, avanzando y comenzando todo el terrible proceso una vez más.

¿Quién era la bruja negra?

Se levantó, tomó un pedazo de papel en blanco de la máquina y se sentó en su escritorio. Laura tomó su pluma y, dándole solo un momento de reflexión, escribió:

Pastor Bailey,

Me disculpo por irme, pero tengo una emergencia personal que debo enfrentar. Regresaré o estaré en contacto tan pronto como haya terminado. Todo está bien conmigo, así que no se preocupe.

Con seguridad regresaré a mi hora normal de la mañana para el trabajo.

Laura McCain

Con eso se puso el abrigo y salió del edificio. El único enfoque de Laura fue ponerse en contacto con Sarah Hathaway lo antes posible. Si la chica hubiera hecho algún progreso personal en la brujería, tendría un poco más de discernimiento de lo que ella sabía. Laura estaba segura de que si hablaba con ella podrían identificar exactamente quién era la bruja negra, y entonces Laura podría compartir con la chica lo que se debía hacer para detener el proceso que se había iniciado.

∞

Sarah no había podido ni siquiera pestañear. Ella permaneció despierta y continuó leyendo 'Black Manifest' hasta que salió el sol; ella no estaba preocupada en absoluto por perderse la escuela o el trabajo. De hecho, ninguna de esas responsabilidades se le habían

R.W.K. Clark

pasado por la cabeza. Todo en lo que podía pensar era en cómo detener la maldición sobre Ryan.

"Sarah, bajemos a la cafetería y tomemos un poco de desayuno", decía la Sra. Morris. La mujer había despertado cuando la enfermera de Ryan llegó a las ocho y media de la mañana, y no había hecho más que pasear por la habitación y en los pasillos desde entonces. Eran las once de la mañana y ambas estaban hambrientas.

Sarah ya había puesto sus libros en su bolso para que no los vieran. Ella se levantó y se estiró. "¡Eso suena bien! Estoy pensando que necesitaré una ducha también, así que probablemente me vaya a casa justo después de eso. Cuando regrese, puedes hacer lo mismo y me quedaré con Ryan".

Aún cuando estaban tan hambrientas, todo lo que hacían era hurgar en su comida. Ambas tenían huevos revueltos, tocino, pan tostado y leche, pero más miraban y empujaban en su plato que otra cosa. Después de un rato, Sarah rompió el deprimente silencio.

"Voy a ponerme en marcha. No me iré por mucho tiempo, ¿está bien?". Dijo Sarah mientras extendía la mano y le apretaba la mano. Cuando se puso el abrigo, agarró su mochila y se fue.

El camino a casa le llevó más tiempo de lo normal; estaba tan cansada que básicamente se había arrastrado hasta allá. Para el momento que llegó allí era casi la una de la tarde. La casa estaba quieta y vacía, y Sarah esperaba con ansias un poco de paz y tranquilidad. Se ducharía y luego tomaría un poco de tiempo para investigar en Internet sobre qué se podría hacer con Miriam Bailey.

Media hora más tarde, Sarah estaba sentada, limpia y vestida, en el sofá con la computadora portátil abierta. Se sentó a las 01:45 pm, y veinte minutos después estaba durmiendo profundamente, sentada. Su agotamiento le había ganado.

∞

Laura se detuvo en Quick Mart apenas salió de la iglesia. Necesitaba encontrar el nombre del joven con el que Sarah Hathaway estaba saliendo, y sabía que la historia de su accidente en el hospital había sido impresa en el Paradise Pub. Todo lo que pudo hacer fue esperar que se hubiera realizado un seguimiento ya que ella no se había suscrito al periódico.

Ella compró una copia y luego fue a su automóvil para revisarla. No había nada en la primera página, y nada en la segunda, pero la tercera página tenía un pequeño artículo en la esquina inferior izquierda que le llamó la atención:

Joven lugareño todavía sigue en coma en el Hospital Mercy General

Con impaciencia, Laura comenzó a leer la pieza.

Según los informes, un habitante adolescente de Paradise que sufrió un accidente mientras estaba bajo el cuidado del Hospital General de Misericordia sigue en estado de coma y en la Unidad de Cuidados Intensivos.

Ryan Morris, de 17 años, había sido tratado por síntomas debilitantes de gripe durante más de veinticuatro horas. Cuando los síntomas disminuyeron, debía ser dado de alta, y fue llevado al laboratorio del hospital para las pruebas finales. Después de que las pruebas concluyeron, los informes dicen que el joven desapareció, y se produjo una búsqueda de él. Posteriormente fue descubierto inconsciente en una escalera, y se determinó que había sufrido una conmoción cerebral severa.

Un portavoz del hospital le dice al Post que Morris aún está inconsciente y que todavía está siendo tratado en la UCI. Sigue sin determinarse lo que le sucedió al joven.

Seguiremos informando a medida que se reciban más actualizaciones sobre el caso.

Laura colocó el papel en el asiento del acompañante y puso en marcha su automóvil. Ryan Morris era su nombre, y todavía estaba en cuidados intensivos. Ahí era donde probablemente estaba Sarah Hathaway.

Sacó su auto del estacionamiento y se dirigió hacia el hospital, sus manos tocando el volante ansiosamente. Mientras conducía pensó en su propia situación, y cómo esto la afectaría a ella y a la vida que el Señor le había dado desde que le dio la espalda a la brujería.

Laura sabía que involucrarse sería peligroso, pero no se trataba de su seguridad. Se trataba de salvar las vidas de dos jóvenes que se habían involucrado en algo que no entendían. Se trataba de sacar la brujería de esta ciudad y alejarla de la gente de Paradise, la misma gente que la había acogido y amado tanto.

Sí, ella no tenía dudas; ella llevaría esto hasta el final, sin importar lo que le deparara.

R.W.K. Clark

CAPÍTULO 17

Kate Morris estaba sentada en la misma silla en la que había dormido. La había acercado más a su hijo, y ahora estaba rígidamente erguida, sosteniendo y acariciándole la mano. Ella estaba afligida más allá de las palabras.

"Ryan, tienes que volver con nosotros", le dijo mientras las lágrimas corrían por sus mejillas. "Te queremos bien; queremos llevarte a casa".

Escuchaba los monitores mientras se mantenía vigilante del joven, y se mecía hacia adelante y atrás mientras le daba palmaditas y le acariciaba su mano sin vida. Kate deseaba que Sarah volviera; ella se sentía tan sola. Solo necesitaba a alguien allí con ella.

"¿Disculpe, señora Morris?". Se volvió y vio a una joven enfermera de pie en la puerta.

Kate se aclaró la garganta y puso la mano de Ryan sobre su pecho suavemente. Ella se volvió hacia la enfermera. "¿Sí?".

"Hay una mujer de la Iglesia de Cristo de Paradise. Se preguntó si podría hablar con usted, señora Morris".

Kate pasó sus dedos por su cabello alborotado en un esfuerzo por alisarlo, luego se volvió hacia un espejo pequeño que colgaba sobre una mesita de noche. Satisfecha, siguió a la enfermera por la puerta. La condujeron a unos pocos metros hasta el final de la estación de enfermeras, donde una mujer de aspecto agradable, de cuarenta y tantos años, esperaba.

"Soy Kate Morris". Ella le tendió la mano en señal de saludo. "¿Qué puedo hacer por usted?".

La mujer la tomó de la mano y la palmeó con la otra. "Soy Laura McCain; soy secretaria de la Iglesia de Cristo. ¿Cómo está? ¿Cómo está tu hijo?".

Kate comenzó a caminar hacia el área de visitantes; Laura la siguió automáticamente. Tomaron un par de sillas de plástico de color naranja en la esquina más alejada, y la Sra. Morris dijo: "Todavía está en coma. Máquinas y monitores... pero no ha empeorado, y lo cuidan diligentemente. Solo orando por lo mejor".

"Bueno, yo también estaré orando", aseguró Laura. "Solo puedo imaginar lo que estás pasando". Se detuvo brevemente y le dio a la mujer la oportunidad de procesar. "Vine porque puedo tener algo de información sobre la... situación de Ryan".

Kate se sentó rígidamente y sus ojos se agrandaron. "¿Qué quieres decir, acerca de lo que le sucedió en la escalera?".

Laura se retorció las manos. "No exactamente, pero sí, supongo. En cierto modo, eso es exactamente lo que quiero decir, pero antes de explicarlo, necesito asegurarme de estar en lo cierto. Necesito hablar con Sarah Hathaway".

"¿Qué tiene esto que ver con mi Ryan? Él tuvo un accidente; ¿Qué información tienes?". La voz de Kate se volvía cada vez más aguda mientras hablaba.

Laura hizo un gesto para decirle a Kate que baje la voz. "Creo que las cosas que le han sucedido a su hijo en la última semana fueron causadas por... una persona. Creo que hay una persona, en esta zona, que tiene mala voluntad no solo por Ryan, sino también por Sarah. Como no puedo hablar con Ryan, necesito hablar con Sarah y es necesario que suceda lo antes posible".

Su voz fue silenciada, pero su punto fue claro para Kate; la mujer no tuvo tiempo de explicar, y la vida de Ryan dependía de ese hecho. En ese momento, Kate Morris tomó la urgencia de Laura McCain como auténtica.

"Ella se fue a su casa para ducharse. Se suponía que iba a volver, y yo esperaba que regresara dentro de una hora", relató Kate. "Pero eso fue hace casi cuatro horas...".

Laura se puso de pie, una expresión de alarma en su rostro. "¿Cuál es su dirección?". Su voz estaba controlada perfectamente.

Por un momento Kate pareció estar luchando por recordar. "Tres...no. 16-37 Mason Avenue".

"Volveré, señora Morris". Laura corrió por el pasillo hacia el ascensor y presionó el botón de bajar, pero echó un vistazo a qué piso estaba y al instante cambió de opinión. En lugar de eso, abrió las escaleras de incendios y comenzó a descender tan rápido como pudo".

Condujo tan rápido como pudo a Mason Avenue y encontró la casa con bastante facilidad. Un sedán de color oscuro estaba estacionado en el camino de entrada, y Laura simplemente se detuvo detrás de él. En cuestión de minutos, estaba llamando al timbre y esperando ansiosamente una respuesta. Le preocupaba que la bruja negra, quienquiera que fuese, ya le hubiese puesto las manos encima a Sarah.

La cerradura de la puerta hizo clic, y la abrió un hombre al que Laura reconoció como Kent Hathaway. "Hola, Sr. Hathaway! Soy yo, Laura, ¿la secretaria de la iglesia?".

Él le sonrió. ¡Sí! -¡Laura! ¿Qué puedo hacer por ti?".

Ella miró a las dos casas vecinas. "¿Crees que podríamos hablar adentro?".

Kent se hizo a un lado y dejó entrar a Laura al vestíbulo, cerrando la puerta. ¿Cómo puedo ayudarle?".

"Me pregunto si tu hija, Sarah, está aquí por casualidad".

"¿Por qué?, sí, ella está aquí", dijo mientras señalaba hacia una puerta que daba a una habitación justo al lado del vestíbulo.

Laura lo siguió a una habitación familiar, y allí, en el sofá, Sarah estaba acurrucada dormida. Un libro estaba cerrado en el piso al lado del sofá, y la chica estaba cubierta con una manta. Las cortinas impedían el paso de la luz y Sarah dormía como un bebé.

"Tengo que hablar con su hija, Sr. Morris", comenzó Kate, hablando en apenas un susurro. "Está pasando algo está pasando, algo... macabro. Me temo que su hija ha sido blanco de los malvados esquemas del diablo".

La sonrisa de Kent se desvaneció casi al instante, y una expresión seria apareció en su rostro. Gentilmente tomó a Laura del brazo y la sacó de la habitación, llevándola a sentarse en la mesa del comedor. Pronto se sentaron, y Kent inmediatamente dijo: "Dime todo; sabía que era algo, pero no puedo entender qué".

"¿Pasó Sarah por una tragedia que la hizo distanciarse de la iglesia y la congregación?".

Kent asintió con la cabeza. "Pero no fue ninguna tragedia; hubo una serie de cosas dolorosas que ocurrieron en la vida de Sarah, y la mía en realidad. Pero Sarah, bueno, ella es una adolescente. Ella lo tomó con fuerza y se alejó eventualmente".

"¿Qué ocurrencias?", Laura preguntó amablemente.

Kent se encogió de hombros y se le humedecieron los ojos. Él los limpió con el dorso de su mano y continuó. "Primero su abuela, que era muy cercana a ella, tuvo un derrame cerebral y murió. Ya sabes, Emma Holt, la pianista".

"Luego fue su mascota". Pero en realidad mostró signos de superarlos de buena forma al final, pero luego a su madre, Amelia, le diagnosticaron cáncer y falleció también. Hubo un punto de inflexión definitivo a partir de ahí". Kent se detuvo y se levantó. Cogió dos botellas de agua de la nevera y le ofreció una a Laura antes de abrir la suya y beber medio trago.

Él volvió a sentarse. "Pero a ella la atacaron en el baño de las chicas en la escuela. Tenía la cabeza abierta y tuvo que pasar la noche en el hospital. Las chicas que lo hicieron fueron expulsadas, pero después de eso Sarah nunca regresó a la iglesia. De hecho, ella le da ha dado la espalda a la iglesia, especialmente a Miriam Bailey".

Laura frunció el ceño. Nunca en un millón de vidas habría considerado que alguien como Miriam Bailey fuera una bruja negra, pero así era exactamente cómo lo hacían: Se integraban, se establecían y se tomaban su tiempo. Cultivaban una vida y mantenían el ojo atento hacia la víctima más pura y perfecta. Se tomaban su tiempo y lograban sus objetivos mediante el engaño.

Miriam Bailey... Laura casi sonrió.

"Debo despertar a Sarah, Sr. Hathaway, debo hablar con ella".

Él asintió. "Vamos entonces".

∞

Kate Morris había regresado a la habitación de Ryan después de que Laura se fuera. Se había sentado en la silla junto a su cama y le había tendido la mano durante otra hora. Como Sarah no regresó en ese momento, y tampoco la mujer de la iglesia, Laura, su preocupación creció aún más. Trató de llamar a la casa de Sarah, pero había recibido una señal rápida de ocupado.

Todo lo que quería hacer era ir a casa y ducharse. Cuando terminó la hora, ella se dirigió a la estación de enfermeras. "Hola. Creo que voy a irme corriendo a casa por un rato para limpiar y conseguir algo de comer. Debería volver dentro de una hora, pero si hay algún cambio, por favor llamen a mi teléfono celular en cualquier momento. Mi número está en la tabla de Ryan".

La enfermera asintió cortésmente y le dijo que la vería pronto, luego entró a la habitación de Ryan para ver cómo estaba. Kate también regresó, se puso el abrigo, agarró su bolso y se fue.

Mientras conducía pensó en Laura, la mujer que la había visitado. Algo era serio, y tener ese conocimiento sin saber realmente los detalles casi la estaba devorando por dentro. Ella no conocía a la mujer; lo único que sabía era que, en el fondo de su corazón, creía en lo que decía la mujer, y sentía que si no se la enviaba a Sarah, las consecuencias podrían ser nefastas.

Debido a eso, estaba ansiosa por las respuestas.

Su casa estaba oscura; Jack había tomado un turno doble y todavía estaba en la oficina. Siempre se refugiaba en el trabajo cuando se producía una crisis. Eso no le molestaba; podría haber cosas mucho peores que él podría hacer para sacar el dolor su mente.

Kate hizo un sándwich de mortadela y queso con mayonesa y ensalada de papas. Ella comió rápidamente y bebió un vaso con leche, luego se dirigió a su habitación para prepararse para una ducha. Fue entonces cuando notó que la puerta del dormitorio de Ryan estaba entreabierta. Ella recordó que Sarah había estado allí y probablemente no la cerró por completo. Una ola de melancolía se apoderó de Kate, y ella buscó en la oscuridad a través de la puerta abierta y encendió la luz.

Lo primero que notó Kate fue que la cama de Ryan no solo estaba deshecha, sino que también estaba destrozada. La manta estaba en el piso junto a la cama, y la almohada estaba a sus pies cerca de la puerta. También notó la bolsa del hospital con la ropa sucia de Ryan, y se preguntó fugazmente por qué no los había puesto en el lavadero.

"Sarah, ¿por qué te fuiste y dejaste esto así?". Kate dejó escapar un suspiro de cansancio y entró en la habitación para hacer la cama. Sarah tuvo que haberlo hecho; cuando dejó caer la bolsa, la cama había estado cuidadosamente hecha.

Kate se inclinó y con su mano izquierda agarró la bolsa y la arrojó a la puerta. Luego giró a la derecha y tomó la manta. Fue entonces cuando notó el polvo blanco brillante en la alfombra roja. "¿Qué rayos?".

Distraídamente, tiró la manta sobre la cama y se arrodilló. Kate se inclinó hacia el piso y miró debajo de la cama. Había algo debajo y, fuera lo que fuese, le heló la sangre.

Rápidamente se levantó y agarró el armazón de la cama debajo del colchón. Kate dio un tirón a la cama, y la rodó lejos de la pared con facilidad por sus rueditas. Allí, expuesto a la luz, había un pentagrama y un círculo con piezas de piel de serpiente adentro.

Kate era una mujer inteligente. Sabía lo que estaba mirando, y aunque no lo entendía, su mente podía darse cuenta fácilmente y aceptar que algo malo estaba sucediendo en Paradise, y su hijo estaba involucrado de alguna manera.

Ella corrió de la habitación de Ryan a la suya, donde agarró el auricular del teléfono y comenzó a marcar los números. Llamaría a los Hathaways de nuevo. Esa mujer Laura sabía esto, y allí era donde se suponía que se había ido.

Esta vez, la señal de ocupado rápido desapareció y el teléfono comenzó a sonar. Sonó tres veces antes de escuchar la voz de Kent Hathaway.

"¿Hola?", Kent, habla.

Kate, comenzó. "Intenté llamarte antes, pero la línea estaba ocupada o algo así".

"¡Kate! ¡Gracias a Dios que eres tú!", Kent sonaba extremadamente aliviado. "El teléfono estaba descolgado, pero no lo supe hasta que me preguntaron si tenía uno. Me parece que fue descolgado. Escucha, tienes que venir aquí de inmediato".

Ella ni siquiera preguntó por qué. Colgó el teléfono y se puso los zapatos y el abrigo de su casa. En cuestión de minutos, ella estaba en el automóvil dirigiéndose a Mason Avenue lo más rápido que pudo.

CAPÍTULO 18

Miriam Bailey salió del ascensor en el piso de cuidados intensivos de Mercy General Hospital y se dirigió al puesto de enfermeras. Era hora de visitar a Ryan una vez más. Era hora de prepararlo para la fase tres.

La tercera fase de la maldición triple significaría la muerte de Ryan, pero había una manera en que podría evitarse: la bruja blanca tendría que tomar su lugar y entregarse, como sacrificio, al ritual final. Miriam estaba aquí para completar el canto del ritual. Cuando se completara, su propia vida colgaría de la balanza. El resultado, ya sea la muerte o la vida, ocurriría solo después de que Sarah tomara su decisión personal.

De cualquier manera, al final, la chica moriría.

Se detuvo en la estación de enfermeras .Un joven voluntaria estaba sentada en una silla escribiendo en un portapapeles.

Miriam le sonrió a la chica. "Disculpa. Soy Miriam Bailey de la Iglesia de Cristo de Paradise".

La chica levantó la vista y sonrió alegremente. "¡Sí, Sra. Bailey! ¡Hola! Soy Amber Johnson. ¡Ya me conoce!".

"¡Amber! ¡Ni siquiera te reconocí con tu uniforme!". La sonrisa de Miriam creció; ¿podría ser más fácil?

"Dime, querida, ¿el Sr. o la Sra. Morris están aquí visitando a su hijo? Esperaba tener un tiempo a solas con él para orar por él". Su voz susurrando mientras hablaba.

Amber se puso de pie con la sonrisa pegada a su rostro. "En realidad, nadie está aquí de visita en este momento, Sra. Bailey. Has venido en el momento perfecto. Solo puedes quedarte quince minutos ya que no eres un familiar directo, pero ve y entra un momento".

"Gracias, Amber", dijo Miriam. "Te veremos en la iglesia el miércoles, espero".

"Sí, señora". La joven se sentó y volvió a su portapapeles.

Miriam abrió la puerta de la habitación de Ryan y la cerró silenciosamente. Se volvió y miró a Ryan en su cama, y no pudo evitar sonreír. Todo estaba funcionando perfectamente.

Ella caminó hacia un lado de su cama y tomó su mano derecha en su izquierda. Su pulgar acarició el dorso de su mano mientras ella le sonreía.

Recordó la expresión de su rostro cuando lo había visto en el pasillo después de sus exámenes. Él había sido tan amable y alegre; muy optimista Le iban a dar de alta.

Ella lo había engañado y le había dicho, con esa sonrisa suya, que la enfermera le había dicho que podía llevarlo arriba, a su habitación. Él ni siquiera lo cuestionó. Ryan había hablado con ella todo el tiempo hasta que lo empujó con la silla de ruedas.

Al menos, habló hasta que ella empujó su silla hacia la escalera trasera.

"¿Qué estamos haciendo aquí?", Preguntó con una sonrisa, pero había sido una risa sospechosa.

"Estamos siguiendo el siguiente paso", le había dicho. "Va a ser rápido, Ryan".

"¿Que...?". Ryan se giró para mirarla, pero ella era demasiado rápida para él. Miriam levantó su bolso sobre su cabeza, sosteniéndolo por el ladrillo dentro, y lo tiró con fuerza sobre la cabeza de Ryan.

"Dos, dos, por el poder de dos...
¡Hacerte daño me hará ganar!".

Dejó caer la bolsa en el suelo y empujó la silla por las escaleras tan fuerte como pudo. Aproximadamente a mitad del vuelo, él había volado hacia adelante desde el asiento, y su cabeza se estrelló contra la pared en el aterrizaje. Ryan se había derrumbado al piso de inmediato, y el único ruido que quedaba era la silla de ruedas que también se estrelló contra el rellano.

Miriam se había enderezado y agarró la bolsa a sus pies, luego salió tranquilamente de la escalera. Ella le había sonreído a un médico que pasaba, y ella había seguido caminando. Ella incluso había comenzado a tararear una melodía.

∞

Ahora, ella estaba parada observando su pacífico cuerpo y miraba sus ojos ennegrecidos y su pecho y rostro magullados. Continuó acariciando su mano y mirando su rostro. Es el momento.

Ella cerró los ojos solo brevemente, luego los abrió una vez más y, acariciando su mano con firmeza, dijo.

"Tres, tres, por el poder de tres.
Un sacrificio para ti, eternidad para mí".

Miriam repitió esto, una y otra vez, en poco más que un susurro, durante los siguientes cinco minutos. Cuando llegó la garantía, le pegó duro en el corazón, y ella supo que el canto había hecho su magia. Ella fríamente dejó caer su mano y caminó hacia el espejo, el joven destrozado en la cama olvidado.

Con diligencia comprobó su cabello y maquillaje, luego salió de la habitación. Pasó junto a Amber sin mirar atrás y se dirigió al ascensor, tarareando una vez más. Ahora haría que Sarah se diera cuenta de la difícil situación en la que estaba realmente. Si la chica voluntariamente le permitía a Miriam dominarla, Ryan Morris se despertaría, y él mejoraría lenta y seguramente. Si no lo hacía, él moriría, y Miriam tendría que lanzar una maldición más persuasiva.

Quizás Kent Hathaway tendría que desempeñar un papel.

R.W.K. Clark

CAPÍTULO 19

Laura McCain estaba sentada en la sala de la casa de Hathaway con Sarah y Kent. Kate Morris acababa de llegar, y el grupo estaba sentado discutiendo lo que estaba sucediendo en Paradise. Kent, Sarah y Kate le dieron toda su atención a Laura desde el principio.

"Antes de encontrar al Señor, era... era una bruja", comenzó Laura. Se sentía avergonzada de su pasado y revelar su verdadera naturaleza era terriblemente difícil, pero entendía las vidas que estaban en juego. Ella insistió. "No era lo que llamarían una 'buena' bruja".

Tomó un vaso de agua de un vaso que Kent le había traído y continuó. "Como pueden o no pueden saber, he vivido en Paradise durante cinco años, y el Señor me ha dado una nueva vida. Hasta hoy, he hecho todo lo posible para olvidar mi pasado y seguir adelante".

"Pero durante más de un año, en realidad dos, he estado experimentando imágenes mentales que pasan por mi mente al azar", dijo. "Sé que va a ser difícil para ustedes entenderlo, pero las imágenes me lo estaban advirtiendo".

"¿Advirtiendo de qué?", preguntó Kate.

Los ojos de Sarah estaban fijos en la cara de Laura McCain, y Sarah dijo: "De una presencia. De una mala bruja".

Kent y Kate miraron a Sarah de manera confusa, pero Laura miró cálidamente a la chica y sonrió. "Comenzaron cuando murió tu abuela, Emma Holt".

La habitación estaba silenciosa mientras todos esperaban que ella continuara. "No entendí inicialmente lo que estaba sucediendo. Entonces, Amelia, tu esposa y tu madre murieron y comenzó a fortalecerse".

Laura se acercó y tomó la mano de Sarah. "Para cuando Ryan tuvo su accidente, entendí mucho más claramente: mi espíritu estaba sintiendo otra bruja negra. Al haber sido yo misma una hace tiempo, sabía que solo significaba una cosa. Las brujas negras preparan sacrificios, sacrificios que pagan por la omnipotencia y la inmortalidad, al menos durante una cantidad específica de tiempo".

"Soy yo, ¿verdad?". Sarah estaba agarrando la mano de Laura, y su pierna había comenzado a rebotar nerviosamente.

"Ya sabes la respuesta, Sarah", dijo Laura en voz baja.

Kent se inclinó hacia adelante, y su voz se frustró mientras luchaba por poner los cabos sueltos juntos en su mente. "¿Qué significa esto?".

Laura se puso de pie y comenzó a caminar mientras hablaba. Ella no quería dejar nada por fuera. "Significa que durante los últimos cincuenta años, la bruja negra, quien quiera que sea, ha estado orquestando eventos en la vida de Sarah que la atraerían a la brujería. No le serviría de nada a la bruja si no fuera buena o 'blanca', por lo que eligió cuidadosamente y jugó un papel importante en la vida de Sarah desde que nació".

"Cuando Sarah creció lo suficiente y era lo bastante vulnerable, la bruja negra comenzó a lanzar 'maldiciones' que causarían que la tragedia ocurriera sistemáticamente en su vida". Ella miró a Sarah a los ojos. "La muerte de tu abuela, tu perro y tu madre". Finalmente, el asalto sobre ti que tu padre me contó. Fue justo en ese momento que le diste la espalda a la iglesia, ¿verdad, Sarah?"

La chica asintió con la cabeza, sus ojos cada vez más estrechos cuando todas las piezas cayeron juntas. La bruja negra literalmente había hecho toda su vida una mentira. Ella esperó pacientemente a que Laura continuara.

"De repente, tu mente se inclinó por la magia. Necesitabas control sobre tu vida, y la brujería te daría eso sin robarte quién eras como persona, o al menos eso pensaste".

Ahora Laura se sentó nuevamente y continuó. "El último empujón, el que pondría fin a todo esto para la bruja negra, sería la maldición triple de Ryan".

Kate tomó una respiración profunda. "La estrella y el círculo debajo de su cama", dijo distraídamente.

"Sí. Es probable que haya estado allí por un tiempo. Tendremos que lidiar con eso pronto", dijo Laura. "Pero lo más importante, lo más importante, es descubrir quién es realmente la bruja negra y empezar desde allí si queremos salvar tu vida". Ella se volvió hacia Sarah. "Creo que ambas sabemos quién es, ¿verdad, Sarah?".

La chica asintió mientras la ira corría por sus venas.

"Miriam Bailey", dijo ella.

Laura no reaccionó ante la revelación, aunque Kate casi se desmaya. "Oh, Dios, ella ha estado acechando todo el tiempo".

Kent rodeó a Kate con un brazo para calmarla. Laura continuó hablando con Sarah. "Has encontrado el pentagrama, ¿no? Había algo... dentro de eso. ¿Cuáles fueron los artículos?".

"Una bolsa negra con nudos estaba puesta justo en el medio. Estaba hecho de una simple pieza de tela negra", le dijo Sarah. "Había tres cosas adentro: un vial de sangre, un insecto descuartizado y un hueso de algún tipo".

Laura sonrió. "Muy bien, Sarah. La sangre fue el elemento de fundición para la gripe que experimentó su hijo cuando fue por primera vez a Mercy General. ¿Qué tan grande era el vial, Sarah?".

La chica se encogió de hombros. "Aproximadamente tan grande como uno de esos tubos que usan cuando toman la muestra de sangre".

"Ella de verdad quería verlo enfermo". Ella quería asegurarse de que terminara en el hospital". Laura miró a Kate y Kent. "Mientras más usas, más enferma se vuelve la víctima. Ahora, con respecto al insecto de palo descuartizado, eso representa el quebrantamiento físico. El uso del insecto del palo le aseguró que tendría éxito cuando lo lastimara. Estoy convencida de que ella empujó al chico por la escalera, y ella probablemente lo agredió antes para asegurarse de que todo saliera bien".

Tendría que haber interpretado un canto sobre él para que funcionara cualquiera de las maldiciones. El hueso representa su cadáver en descomposición; significa muerte. Tendrá que realizar un canto para controlar el hechizo y ponerlo en marcha".

"¿Cómo detenemos esto, Laura?". Sarah preguntó en una voz seria.

Laura se volvió hacia ella. "Hay tres cosas que pueden suceder como resultado de esta maldición. Ella te hará consciente de que debes someterte voluntariamente a su control, si Ryan va a vivir. Si aceptas y te sometes, Ryan vivirá, el hechizo lo garantiza".

"Si te resistes, Ryan morirá. El hechizo lo garantiza. Probablemente sepas que si aceptas voluntariamente, ella te sacrificará a los dioses oscuros y ella continuará viviendo".

Kent se puso de pie enojado. "¡Lo que estás diciendo es que voy a perder a mi hija! ¡Lo que estás diciendo es que no hay forma de ganar!".

Laura dijo: "Solo hay una forma. Sarah debe matar a la bruja negra con sus propias manos, y debe suceder sin que ella se someta, o perderá su propia voluntad y será incapaz".

Kent se sentó y puso su cabeza en sus manos. "¿Qué hacemos, Laura?".

"Voy a ayudarla, Kent", dijo Laura con una voz tranquilizadora. Voy a estar con ella para protegerla y fortalecerla, y ella va a matar a la bruja negra".

Sarah parecía emocionada. "¿Qué tenemos que hacer primero?".

∞

Laura, Kate y Sarah estaban en el automóvil de Laura dirigiéndose a la casa de los Morris. Laura hizo que el grupo se diera cuenta de que lo primero que tenían que hacer era deshacerse del círculo que la bruja negra había echado debajo de la cama de Ryan. Le había dicho a

Kent que se quedara en casa y orara, y las tres mujeres irían juntas. Kent había sentido cierta preocupación por la participación de Sarah, pero Laura lo había convencido de que Sarah tenía que involucrarse en todos los aspectos de la batalla por venir porque era de ella. A pesar de que le disgustaba la idea, estuvo de acuerdo.

"Será simple, Sarah", decía Laura. "Una aspiradora servirá. Tendrás que pronunciar un canto blanco que erradicará el poder del círculo. Curiosamente, recuerdo el canto perfectamente; solía despreciar su poder como la peste, y le temía".

Sarah lo anotó mientras conducían, la luz del domo en el auto pequeño la ayudaba a ver. Lo leyó una y otra vez hasta que pensó que lo había memorizado, pero lo guardó en el bolsillo dentro de su parka por si acaso.

"Aspira el círculo mientras cantas. Dilo hasta que sientas una liberación en tu espíritu", dijo Laura. Se volvió levemente hacia la chica. "Sabrás en el fondo cuando haya hecho efecto".

Ella metió el auto en el camino de acceso de los Morris y las tres salieron del auto. Mientras caminaban hacia la puerta principal, Kate buscó las llaves en su bolso. "Todavía no me he duchado. No puedo creer que todo esto realmente esté sucediendo. Parece tan... exagerado". Puso la llave en la cerradura y se volvió hacia Laura. "Esto tiene que funcionar. No puedo perder a mi hijo; él es todo lo que Jack y yo tenemos".

"Lo entiendo", respondió Laura. "Es por eso que es imperativo que nos ocupemos de las cosas en el orden correcto y de manera oportuna".

Entraron por la puerta principal y se dirigieron al pasillo, con Kate activando los interruptores de luz a medida que avanzaban. "La aspiradora está en este armario", dijo mientras se detenía y abría la puerta del armario. La sacó y la condujo por el resto del pasillo hasta la habitación de Ryan, donde activó otro interruptor de luz.

Sarah notó que Kate había sacado la cama cuando descubrió el pentagrama antes. Sería fácil acceder al círculo y aspirarlo en poco tiempo. Ella estaba ansiosa por comenzar.

"Entonces, ¿qué debo hacer primero?", Sarah le preguntó a Laura.

"Bueno, tienes el canto", respondió ella. "Comienza a pasar la aspiradora y a cantar, y debes continuar aspirando hasta que tu espíritu salga y te diga que todo ha terminado. Kate y yo esperaremos en la sala de estar. La mayoría de todas las contramedidas que llevamos a cabo contra la bruja negra deberán ser llevadas a cabo por ti sola porque tú eres es el objetivo".

Las dos mujeres mayores salieron de la habitación, y Sarah agarró la aspiradora de inmediato. La enchufó, apretó el interruptor y comenzó a cantar mientras araba la máquina justo en el centro del círculo que había sido lanzado.

"Demoler, destruir, por el bien de la luz.
Porque el poder del sol asesina la noche.
Así como el amanecer trae la muerte a la luna.
Mi sol traerá la muerte a tus planes muy pronto".

Ella repitió el canto, una y otra vez, mientras pasaba el vacío a través del pentagrama con violencia. Mientras hacía su hazaña, absorbiendo el polvo y la piel de serpiente de la alfombra roja, su mente dio vueltas y vueltas a los hechos que había aprendido tanto de los libros como de Laura McCain. Continuó aspirando y cantando cuando de repente su aliento salió de su cuerpo y la paz se apoderó de ella como una cálida manta. Ya había terminado.

Ella apagó la aspiradora y miró el reloj en la mesita de noche. Ella había estado allí durante veinte minutos, pero se sentía más como cinco. Ella se sintió aliviada de que esta parte había terminado, y comenzó a enrollar la cuerda alrededor de la máquina antes de empujarla hacia el pasillo. Laura y Kate estaban paradas al final del pasillo.

"¿Lo sentiste?", Laura preguntó.

"Como el viento", respondió Sarah.

—Bueno. Ahora tenemos que sentarnos y hablar sobre el próximo paso". Las tres entraron al comedor y se sentaron a la mesa para repasar lo que debía suceder.

CAPÍTULO 20

Miriam Bailey abandonó el hospital Mercy General con un ánimo particularmente elevado. Se subió a su auto, todavía tarareando, y sintió el cálido resplandor del inminente triunfo cuando salía del estacionamiento del hospital y entraba al tráfico. Sí, era casi la hora de presentar a Sarah Hathaway su ultimátum.

Ella había estado trabajando en esto durante los últimos cincuenta años, literalmente, como lo había hecho tantas veces antes, pero esta vez había sido más difícil. Encontrar el sacrificio correcto se le escapó de las manos por un tiempo, pero cuando Sarah nació, los dioses oscuros le dieron la liberación dentro, y ella supo que la chica era la indicada. Ella puso en marcha su largo y prolongado plan, y poco a poco, durante casi diecisiete años, esperó su momento y jugó sus cartas con paciencia y habilidad.

Ahora el tiempo estaba casi encima de ella, y siempre resultaba ser emocionalmente abrumador. Pronto volvería a ser fresca, joven una vez más, en una nueva ciudad, en un nuevo estado, con la vida de nuevas personas para manipular y jugar. La verdad del asunto era que no había nada más satisfactorio para una bruja negra que repartir destrucción, y Miriam no era la excepción a la regla.

Ella detuvo el automóvil en una luz roja y siguió tarareando mientras tocaba el volante con la melodía. De repente, el calor la cubrió de los pies a la cabeza y le hizo erizar el cabello. Los ojos de Miriam se agrandaron y un dolor punzante pasó de su pecho a su estómago y descendió hasta su ingle.

Alguien había perturbado las maldiciones que había lanzado; alguien había roto un círculo, y ella sabía exactamente quién.

La luz se puso verde y Miriam pisó con fuerza el pedal del acelerador. Ella tenía que llegar a casa rápidamente. Su esposo, el pastor de la iglesia, había convertido un gran cobertizo en su patio trasero en una casa de pasatiempos para que ella hiciera sus manualidades y otras cosas 'femeninas'. Poco sabía él que ese era su oscuro refugio. Lo mantuvo cerrado con seguridad, para que él nunca pudiera ver lo que realmente había dentro o lo que ella hacía allí. Ahí era donde ella tenía que ir ahora. Necesitaba consultar la oscuridad y descubrir cómo Sarah Hathaway rompió un círculo.

Miriam continuó conduciendo frenéticamente el auto hacia su casa, su mente corriendo. Sarah no podría haber descubierto cómo separar sus círculos de los libros que había leído. Miriam la atrajo solo a libros que la ayudarían a convertirse en lo que Miriam necesitaba que fuera; había tenido cuidado de no llevarla a ninguna literatura que la ayudara a superar el plan. Ninguno de los libros tenía los cánticos necesarios para romper un círculo negro.

Pero de alguna manera la chica había aprendido lo que necesitaba aprender.

Miriam aparcó su automóvil en el camino de entrada y salió rápidamente. Con su llavero en mano, corrió hacia el patio trasero, tropezando con el frío y la nieve en la oscuridad. Llegó a la puerta y usó la pequeña luz de la pluma en su llavero para encontrar la llave adecuada y meterla en el ojo de la cerradura sin demora.

Ella ingresó a su dominio privado y cerró la puerta. Hacía calor dentro, así que dejó que su abrigo cayera de su cuerpo al suelo. Miriam entonces tomó un encendedor desechable que guardaba en su altar, y procedió a encender todas las velas alrededor del círculo y en el altar. Finalmente, ella se quitó la ropa de su cuerpo y se dejó caer sobre el centro del pentagrama sobre sus rodillas.

"Oh, Señores Oscuros.

He sentido el dolor de un círculo roto.

Uno de los míos.

Muéstrenme, guíenme.

¿Qué ha sucedido a mis espaldas?

¿Quién ha alejado a la bruja blanca de mi trampa?

Miriam se encontró con el silencio. Se balanceó hacia adelante y hacia atrás, con los ojos fuertemente cerrados, mientras esperaba una respuesta, pero no llegó ninguna. Después de unos minutos, sus ojos se abrieron y tomó una pequeña daga de plata en su mano.

"Si requieres sangre.

¡Te daré sangre!

Ella acuchilló su propio antebrazo interno e inmediatamente su sangre comenzó a gotear y rezumar. Dejó caer pequeñas gotas sobre el altar y sobre el pentagrama, luego repitió su primera declaración, implorando a los dioses oscuros que le revelaran la verdad.

"¡Señores Oscuros, mi círculo se ha roto!

¡Muéstrenme, guíenme!

¿Qué ha sucedido a mis espaldas?

¿Quién ha alejado a la bruja blanca de mi trampa?

Una vez más ella comenzó a balancearse y gemir, la sangre goteaba, los ojos cerrados. Ella continuó en esto por casi diez minutos; los dioses le responderían ahora, pero en su tiempo. Ella les había dado sangre; ella debía ser paciente.

Cuando casi habían transcurrido diez minutos, llegó la voz, baja y estruendosa, casi un gruñido. Parecía que varias voces se superponían, todas diciendo lo mismo, todas de acuerdo, pero antagónicas entre sí.

"Hay uno de los tuyos que ha hecho esto. Es alguien que conoces, pero a ella no".

Miriam abrió los ojos y su corazón comenzó a latir con fuerza. ¿Uno de los suyos? ¿Qué significa esto? ¿Uno de la vida falsa que he hecho? ¿Uno del pasado?

"Uno de los tuyos, aunque no la conoces".

Las manos de Miriam temblaban ahora. ¿Qué debo hacer?

"Debes conocerla. Debes descubrirla antes de que se tome todo esto por sí misma".

La voz de los dioses oscuros comenzó a desvanecerse al final de la oración, y con ella la sensación de su presencia se desvaneció también. Miriam sabía que no tenía sentido pedir más información; no le darían más de lo que querían que ella tuviera. El resto dependía de ella. Tenía que descubrir quién estaba interfiriendo, y ella tenía que eliminarla de la ecuación por su cuenta, o los últimos cincuenta años serían en vano.

"Querido Dios, Miriam, ¿qué estás haciendo?". La voz de su esposo, Matthew Bailey, sorprendido, rompió su concentración.

Miriam no se dio vuelta. Mantuvo su cuerpo desnudo hacia él y pensó cuidadosamente antes de responder, pero sabía que no podría explicar esto.

"¿Qué estás haciendo aquí, Matt?", Preguntó en voz baja, pero dulce.

"Te vi entrar; dejaste los faros delanteros en el auto", dijo. "Te vi regresar corriendo aquí. Apagué las luces y salí para ver si estabas bien, pero claramente no lo estás".

Miriam se puso de pie lentamente mientras él continuaba. "Cuánto tiempo has estado… ¿practicando esto? ¿Cuánto tiempo has sido uno de los demonios?".

"Matt, lamento que tuvieras que descubrir todo esto de esta forma", contestó, de espaldas a él. "En realidad, lamento que hayas tenido que descubrirlo, pero lo hecho está hecho".

Ella lo escuchó tomar una respiración profunda. "Querido Señor, en el nombre de Jesús, necesito tu ayuda", dijo en un susurro. Miriam sonrió cuando lo escuchó. Matt habló entonces. "Miriam, voy a pedirte que te vayas de esta casa. Deja esta propiedad. No voy a entretener a Satanás en la tierra con la que el Señor me ha bendecido".

Su voz era seria, y sabía que él lo decía en serio, pero ella no haría ni podría hacer lo que él le pedía. Este cobertizo, este altar, era su salvavidas, y ella no iba a romper sus lazos con el lugar. Su vida misma dependía de eso.

Ella se volvió hacia él, su desnudez en completa exhibición. Ella mantuvo sus manos detrás de su espalda, en parte para distraerlo con su desnudez, pero también para ocultar la daga. "Lo siento, Matthew, pero no puedo cumplir con tu solicitud".

Sus ojos revolotearon sobre su cuerpo, pero los obligó a mirar hacia el piso. "Estás sangrando, Miriam, y francamente estoy disgustado contigo. Por favor, vete ahora".

Echó la cabeza hacia atrás y comenzó a reírse en serio. Matt la miró y una expresión de miedo apareció en su rostro. Seguramente, bailar con el diablo había hecho que su esposa perdiera la cabeza.

Miriam dejó de reír tan rápido como había empezado. Ella le lanzó una mirada mortal con sus ojos verdes, los mismos ojos verdes que Matthew Bailey había adorado y miró con nostalgia por años. La luz de las velas bailaba en su cabello rojo, el mismo pelo rojo que le había llamado la atención todos aquellos años atrás, el mismo cabello rojo por el que le había pasado los dedos cuando hacían el amor.

Ella se precipitó hacia adelante como un rayo, y con un único golpe hábil, enterró la daga en su pecho, justo en el medio, justo debajo de su caja torácica. Ella lo miró a los ojos y sonrió mientras lo retorcía violentamente. La sangre le corría por la mano, y ella lo agarró del hombro para estabilizarlo y que no se cayera.

"Ven, mi amor", susurró mientras guiaba su cuerpo moribundo hacia el círculo. Una vez dentro, ella retiró el cuchillo y dejó que su cuerpo cayera al suelo.

Los dioses oscuros simplemente amarían este sacrificio particular, porque él pertenecía a su némesis más temido: El Dios del Universo mismo. Ellos adoraban la sangre de Sus hijos.

Ella mantuvo sus ojos fijos en Matthew mientras yacía moribundo, pero ella retrocedió hacia la puerta del cobertizo y la cerró con fuerza. Cuando él estaba muerto, ella se aseaba y se vestía. Tenía mucho que hacer.

Era hora de que hablara con Sarah, y si no era con Sarah, tendría una larga conversación con Kent. Si uno de sus círculos se rompiera, el poder sería robado de los demás. Eso significaba que el hechizo triple sobre Ryan se había debilitado. Estaba furiosa y lo iba a arreglar.

Miriam se puso el abrigo y salió del cobertizo, asegurándolo bien. Avanzó a zancadas hacia el oscuro patio trasero en dirección a su automóvil, con el propósito de llenar su mente y motivar sus pasos. Iba a ser una gran noche en Paradise.

"El siguiente paso es ir a Mercy General", decía Laura. "Necesitamos controlar a Ryan, y debemos brindarle una nueva protección, una protección sólida. Quizás no pueda contrarrestar completamente la fase final, pero confundirá el ciclo. Nos dará tiempo".

"Le había dado un collar de ojo de tigre en una cadena, pero Miriam fue capaz de quitárselo, aunque no estoy segura de cómo", dijo Sarah. "Incluso me mintió a la cara cuando la enfrenté. No me queda nada para usar como protección".

Kate habló. "¿Ojo de tigre? ¿Esa piedra protege?".

"Poderosamente", respondió Laura.

"Tengo un gran ojo de tigre desarmado que encontré en vacaciones un año", dijo Kate. "¿Podríamos usar eso de alguna manera?".

Laura asintió. "¡Consíguelo! Lo potenciaremos con luz lanzando un canto, y lo envolveremos... veamos... ¿tienes un pañuelo de algodón blanco?".

Kate saltó y corrió por el pasillo hacia su habitación. Se escucharon cajones al abrirse y cerrarse, y en menos de un minuto regresó con ambos artículos. Ella sonreía mientras los contaba sobre la mesa.

"¿Estos servirán?".

Laura sonrió. "¡Perfecto! Necesitamos una vela, una blanca".

Justo ahí. Kate señaló una cabina detrás de Sarah. La chica se levantó de un salto, la agarró y lo llevó a la mesa también.

Laura encendió la vela. "Todos necesitamos tomarnos de las manos; Haré el canto".

"Pero... pero no soy una bruja", tartamudeó Kate.

"No importa. Estás llena de poder". Laura y Sarah tomaron una de las manos de Kate, y las tres cerraron los ojos.

La habitación permaneció en silencio durante un minuto completo, y finalmente Laura habló.

"El poder de la luz, la fuerza de la vista...
Todo lo que es verdadero y puro.
Llena esta piedra, refuerza su fuerza.
Ayúdala a superar y curar".

Se detuvo y soltó las manos de los demás, luego puso el ojo del tigre en el medio del pañuelo. Laura anudó las esquinas juntas en dos nudos en el medio, haciendo una pequeña bolsa. "Tóquenlo".

Las tres pusieron sus dedos sobre ella, entonces Laura dijo: "Dios mío, tú eres el más fuerte de todos. Sácanos de esto, y protege a este joven, por favor".

Ella respiró hondo y miró a Sarah, luego a Kate, y sonrió. "Tenemos que irnos".

Cinco minutos después, el automóvil de Laura estaba siendo conducido en la oscuridad mientras se dirigían a ver a Ryan. "Tengo que decirle algo a ambas. Cuando estábamos conjurando, tuve uno de mis flashes", dijo Laura. "No puedo ser específica, pero estoy muy segura de que Miriam ha matado al pastor, y creo que los dioses oscuros le han dicho que Sarah tiene la guía de un extraño".

"¿Qué significa eso?", Sarah preguntó.

Laura tomó aliento. "No creo que sepa exactamente quién está ayudando, pero está intentando descubrirlo. Eso significa que querrá hablar contigo, y eso significa que ella te dará tu ultimátum con respecto a Ryan".

Sarah se sentó y pensó por un momento. "Bueno, ella tendrá que encontrarme primero".

Laura miró a la chica y le dijo: "Cariño, lastimará a cualquiera para que te afecte, así que tenemos mucho de qué preocuparnos". Desde aquí necesitaremos ir a tu casa y esperar; Estoy segura de que irá allá primero".

"¡Mi papá!, ¡Laura! Mi papá". La chica fue atacada por el pánico de una vez.

"Llámalo ahora", dijo mientras se detenía en un lugar de estacionamiento. "Dile que salga y se vaya a un lugar seguro".

Todos salieron del auto y se dirigieron al interior de Mercy General. Sarah tenía el celular de Kate en su oreja, pero el teléfono de su casa solo sonó y sonó. "¡No está respondiendo, Laura!".

"Está bien", dijo con calma. "Nos ocuparemos de esto. Kate se quedará aquí con Ryan, e iremos allí tan pronto como hayamos terminado.

Subieron en el ascensor al piso de cuidados intensivos, todas ansiosos por lo que les depararían las próximas horas.

CAPÍTULO 21

Kent Hathaway se arrodilló en la alfombra de la sala frente al sofá. Su Biblia estaba abierta en el sofá delante de él, pero tenía las manos dobladas, la cabeza baja y los ojos cerrados. Estaba orando con fervor al Señor por protección, fortaleza y guía para todos.

Sonó el timbre y abrió los ojos. Esa no serían las chicas; Sarah tenía una llave, así que no tocó el timbre. ¿Quien podría ser? Terminó su oración y se puso de pie justo cuando la campana sonó nuevamente, dos veces esta vez.

Kent entró en el vestíbulo y giró la cerradura. Abrió la puerta a una sonriente Miriam Bailey, y su corazón se congeló en su pecho. Él sabía que esto no era bueno.

"Uh, hola, Miriam", dijo, forzando una sonrisa falsa. "¿Cómo puedo ayudarte esta noche? Ya es tarde. ¿Estás bien?".

Ella se agarró las solapas de su abrigo y se estremeció. "Seguro hace frío aquí. No puedo encontrar a Matthew, y me pregunté si tal vez él estaba contigo".

"No", dijo Kent, sacudiendo la cabeza. "No he tenido noticias suyas, lo siento. Si lo hago, le diré que estás tratando de encontrarlo".

Él comenzó a cerrar la puerta, pero Miriam puso el pie en ella. "Kent, mi teléfono celular está muerto. Me gustaría volver a llamar a casa y ver si él está allí. ¿Podría entrar y usar el teléfono?

Kent la miró, y en su alma sabía que ella estaba mintiendo, pero ¿y si no lo estaba? Pensó brevemente y luego dijo: "Déjame agarrar mi celular y traertelo, ¿de acuerdo?".

"Gracias", respondió Miriam.

Kent se volvió hacia la sala de estar y tomó su celular de la mesa de café. Dio media vuelta y vio a Miriam de pie en la puerta de la habitación. Ella había entrado de todos modos.

"Me gustaría hablar con Sarah", dijo en un tono práctico.

Kent negó con la cabeza. "Sarah no está aquí. ¿Querías usar esto? Me estoy preparando para la cama, así que realmente no puedo tener invitados en este momento".

Miriam lo ignoró y comenzó a caminar alrededor de la habitación, fingiendo admirar la decoración. "¿Dónde está ella, Kent?".

Él la miró con cautela. Una gran sensación había llegado a su estómago, y sintió mucho terror. "Ella está con amigos".

Miriam llegó al sofá y miró la Biblia abierta. Ella rió ligeramente y dijo: "¿Tienes idea de cuánto odio ese libro? Es tan difícil vivir mi vida, ser quien soy, y tener que mirar esa cosa, y escucharla, día tras día. Pero uno hace lo que debe hacer".

Lo recogió y hojeó perezosamente las páginas, luego caminó hacia la chimenea y lo arrojó, sus ojos se iluminaron de alegría. Las delgadas páginas de pergamino comenzaron a arder en llamas al instante. Kent sintió que la ira le quemaba la carne.

"Quiero que te vayas, Miriam", dijo en una voz pedregosa. "Sé lo que eres, y no te quiero aquí".

Ella dio una risa malvada. "Es gracioso, Kent, considerando que tu hija es la misma, sin embargo, deseas su presencia en tu hogar".

"Ella no es lo que eres, ni por una posibilidad remota", respondió.

Miriam comenzó a pasearse de nuevo, sin pensar en la ardiente Biblia. "Me mantengo calmada, lo cual es exactamente por lo que necesito hablar con ella. Solo estás empeorando las cosas al rechazarme, ¿sabes?".

El teléfono de la casa comenzó a sonar entonces, y Kent inmediatamente se sobresaltó. Miriam lo agarró por el brazo y le mostró una daga de plata delante de la cara. "No puedo dejarte responder eso. Creo que lo sabes de todos modos".

Él se congeló, sus ojos pegados al cuchillo. Las llamas bailaron maliciosamente, y Kent se sentó con fuerza en una silla que había detrás de él. Miriam cloqueó su aprobación.

"Así actúa un buen chico, Kent". Se dio vuelta y se quitó el abrigo, su mano sujetando firmemente la daga todo el tiempo. "Entonces, dime: ¿sabes lo de esta pequeña situación en la que se encuentra tu hija?".

Se sentó en el sofá y cruzó las piernas. Pasó su dedo índice arriba y abajo por la hoja de la daga, sus ojos se divirtieron con eso. Kent notó el corte largo en su antebrazo interno e hizo una mueca.

"Estás sangrando, ya sabes", dijo con disgusto.

El teléfono dejó de sonar y Miriam lo miró. Ah, Eso. Eso no es nada en comparación con lo que Matthew sufrió esta noche".

El corazón de Kent se hundió. "¿Qué hiciste, Miriam?"

"Hice lo que tenía que hacer", dijo con una sonrisa burlona. "Creo que sabes lo que eso significa. Realmente no importa. Siempre hay bajas en una guerra. Ahora, ¿dónde está Sarah?".

Él apartó la vista y miró el fuego. Él preferiría morir antes que contarle nada. Su mente estaba pensando en todos los años que él y su familia habían conocido a esta mujer malvada, todas las oraciones que ella había orado sobre ellos. Las fiestas, las amistades, todo había sido una mentira. Él quería vomitar. Cerró los ojos y comenzó a orar en un susurro.

"Basta", ella dijo simplemente. "No aceptaré esto, no ahora. Este es mi momento".

Él la ignoró y continuó, pidiéndole al Señor que los rescatara y que enviara a esta mujer a donde pertenecía. Le pidió que perdonara a Sarah por haberse alejado y le imploró que usara esta situación para devolverla a la verdad.

"¡Detente ahora!". Su voz estaba llena de ira, pero Kent persistió. Miriam se puso de pie y se acercó a él en dos largos pasos, luego extendió la mano y le cortó el pecho con la daga.

"¡¡Aaaghhh!!". Kent gritó. Sus ojos se abrieron y su mano fue a su pecho y cuando se la quitó estaba enrojecida en sangre.

Miriam se arrodilló ante él y lo miró a los ojos. Sonriendo, ella dijo: "Los dioses oscuros aman la sangre de los santos. Para ellos es como el vino, y les encanta estar borrachos. Matthew fue solo un aperitivo para ellos. Si te ofreciera, les habría traído una comida, con Sarah sería como un postre. Continúa desafiándome y verás".

Ella se puso de pie y comenzó a caminar de nuevo. "No puedo obligarte a decirme dónde está, pero soy muy paciente y esperaré".

Kent la observó caminar de un lado a otro, y su mente se aceleró mientras trataba de encontrar una manera de matarla antes de que alcanzara a Sarah.

∞

Sarah, Laura y Kate se acercaron a la estación de enfermeras frente a la habitación de Ryan. Una joven enfermera rubia levantó la vista y sonrió.

"¿Puedo ayudarles?", preguntó.

Kate se aclaró la garganta. "Soy Kate Morris, la madre de Ryan. Acabo de regresar de casa y me preguntaba si había algún mensaje para mí".

La chica giró su silla. "Déjeme revisar su tabla", dijo. Agarró el gran archivo revestido de metal y se volvió hacia ellas, abriéndolo de un tirón. "No, no hay mensajes. Una de las voluntarias registró aquí que hubo un visitante. La esposa del pastor de la Iglesia de Cristo de Paradise. No colocó cuándo la visitante se fue, pero anotó aquí que cuando revisó al paciente, la mujer ya se había ido".

Kate miró a Laura con ansiedad y luego dijo: "Gracias. Ellas vendrán conmigo por un momento para orar por él, luego se irán".

"Está bien, señora Morris". La mujer sonrió y volvió a su papeleo.

Las tres entraron a la habitación de Ryan y cerraron la puerta. "Si Miriam estuvo aquí, fue para lanzar el canto por la tercera parte de la maldición triple", dijo Laura simplemente.

—"¿Qué significa eso?", preguntó Kate.

Laura se acercó y le dio una palmadita consoladora a la mujer en el brazo. "Solo significa que una vez que Sarah se someta o se niegue, la fase final tendrá lugar. Solo potencia la fase final cuando se lleve a cabo".

Ella caminó hasta la cama de Ryan y lo miró. "Cuando Sarah rompió el círculo debajo de su cama, se debilitó. Ella sostuvo la piedra. Ahora, le daremos la piedra de protección, y eso tiene el poder de detener esto por completo, si logramos eliminar a la bruja negra". Laura hizo un gesto para que las otras dos se unieran a ella al lado de la cama.

Todos estaban paradas mirándolo. Kate tenía gotas de lágrimas silenciosas que corrían por sus mejillas, pero la expresión de su rostro estaba decidida. Laura tomó la bolsa blanca con el ojo del tigre bendito y la puso sobre el pecho del niño. Luego agarró las manos de las otras dos.

"Rodéalo, ilumínalo,

Sánalo, restáuralo.

Protégelo, fortalécelo,

Provee para él.

Bloquea lo negro de su presencia.

Séllalo en tu calidez y amor".

Laura tomó la bolsa y agarró su funda de almohada. Ella enterró la bolsa en el interior de la funda de la almohada. Estaba segura debajo de su cuerpo. Luego miró a Kate. "Acabamos de hacer una abolladura masiva en el proceso en lo que respecta a Ryan". Le dio un abrazo a la mujer y se volvió hacia Sarah.

"Es hora de ir a casa, Sarah".

Kate observó mientras se marchaban, y luego se derrumbó en su silla en un torrente de lágrimas. "Dios, no te conozco, pero por favor, haz que todo esté bien".

Luego tomó la mano de su hijo y se recostó, acariciando su suave carne.

CAPÍTULO 22

"Quiero ver la habitación de Sarah".

Miriam estaba parada frente a Kent, que se había negado a mirarla o hablar con ella desde que lo cortó. Continuó orando en los confines de su mente, y había comenzado a calmarse un poco.

Él la miró, negó con la cabeza y luego miró hacia otro lado.

Miriam se encogió de hombros. "Puedes venir conmigo o puedo matarte ahora e ir sola", dijo simplemente.

"Solo ve", respondió. "No me necesitas para ayudarte a llevar a cabo tus planes".

Miriam asintió. "Tienes razón, yo no. Pero necesito que cuelgues delante de tu preciosa hija querida. Mira, Kent, el final de esto, que vendrá, es inevitable. Está escrito en piedra". Ella lo agarró por el brazo y lo hizo ponerse de pie. "Vamos a ver la habitación de Sarah".

Kent se resistió todo el camino hasta el piso de arriba, lo que hace que sea muy difícil avanzar. Dos veces ella le golpeó en la cabeza con su puño, y dos veces se rió de ella. Para cuando estaban en el segundo piso, ya había tenido suficiente de él.

"Vamos a tu habitación", dijo ella.

Cruzaron el umbral de la habitación de Kent, y Miriam encendió la luz. Ella cogió una silla de la vanidad que había pertenecido a Amelia y la puso en el centro de la habitación. "Siéntate, Kent".

Lo hizo, solo para evitar más lesiones. Miriam hurgó en sus cajones hasta que encontró sus corbatas, y sacó un gran número de ellas. Pasó los siguientes diez minutos atándolo a la silla, y cuando terminó, supo que no iría a ninguna parte. Ella tenía mucha práctica atando personas.

Por fin, ella se paró detrás de él y le puso una última corbata en la boca. Mientras ella lo ataba fuertemente detrás de su cabeza, ella dijo, "Será bueno que te quites de mi vista por un tiempo. Pronto tu hija regresará, y si mis sospechas son correctas, vendrá junto a su ayudante, sea quien sea". Ella vino y se paró frente a él, admirando su trabajo. "Estoy ansiosa de ver quién le puso los deditos sucios en mi pastel".

Miriam se dio vuelta y salió de la habitación, cerrando la puerta. Inmediatamente, Kent comenzó a retorcerse mientras trataba de deshacer sus ataduras. Sabía que todos tenían una noche muy larga por delante.

∞

Laura sacó el auto del estacionamiento de Mercy General y comenzó a acelerar en dirección a la casa de Sarah.

"Oh, mierda", dijo ella. "Voy a tener que parar por gasolina".

Se detuvo en el Quick Mart y alineó el auto con las bombas de gasolina. "Aquí tienes, Sarah. Entra y dales veinte en la bomba número dos". Ella le dio el dinero a la chica, y rápidamente saltó del vehículo y se dirigió a la tienda. Laura la miró por un segundo y sonrió antes de salir a poner el combustible.

Para el momento en que Sarah regresó al automóvil, Laura lo había encendido y ya estaba listo para arrancar. "Hemos perdido mucho tiempo. Estoy ansiosa por llegar a tu casa. Creo que ambas sabemos que Miriam está allí, y solo Dios sabe lo que hace, o al menos intenta hacer".

Ella sacó el auto de la estación y giró a la derecha. Finalmente irían a casa de Sarah, y la chica estaba más que aliviada. Parecía que habían perdido demasiado tiempo, y la preocupación que sentía por su padre era abrumadora. Miriam Bailey había hecho todo lo posible para cumplir su propósito, y hasta ahora había tenido éxito en muchos aspectos. Si quería poner sus manos sobre Sarah, como Laura dijo que lo haría, definitivamente ya tenía una ventaja.

"Creo que deberíamos parar en la casa de los Bailey y ver si tal vez Miriam está allí", dijo Laura mientras aceleraba.

Sarah se volvió hacia la mujer presa del pánico. "¡Mi papá no contestó el teléfono, y él sabe y entiende todo lo que está pasando Laura! ¡Estoy preocupada!".

Laura mantuvo su mirada en el camino. "Cualquier bruja, negra o blanca, tendrá un altar principal. ¿Entiendes lo que digo?".

"No, Laura. No entiendo". El nerviosismo que Sarah sentía en su estómago había crecido, y la idea de hacer otra parada casi la hizo sentir físicamente enferma.

Laura suspiró. "Hay cánticos y hechizos que deben ser lanzados antes de que pueda alguna vez tomar posesión de ti, si eso es lo que sucede", dijo. "Tendría que poder hacerlos libremente, desde un círculo y un altar que es suyo, que ha probado su propia sangre". Debería ser en algún lugar de su casa, y si podemos localizarlo y encontrarla, podríamos detener esto antes de que vaya más lejos".

Sarah ni siquiera tuvo que pensar. Inmediatamente se convenció de la verdad por el conocimiento y la solidaridad de Laura. "Bueno. Lo que sea que creas que debemos hacer, hazlo".

"Buena chica", dijo Laura con una sonrisa. Tomó la siguiente derecha bruscamente, solo reduciendo ligeramente su velocidad. Se desviaron, luego la mujer pudo recuperar el control del auto. "Su hogar está solo dos cuadras más adelante, como ya sabes. No nos tomará mucho tiempo hablar con el pastor Bailey, darle un vistazo a la propiedad y encontrar el altar de Miriam".

En solo minutos, Laura estaba entrando en el camino de acceso de los Baileys. Había una sola luz encendida en la parte trasera de la casa; Sarah sabía que era una luz de cocina. De lo contrario, no había ningún señal de vida.

Laura dejó el vehículo en marcha, salieron del automóvil y corrieron hacia la puerta principal. Laura golpeó mientras Sarah tocaba el timbre, no una, sino tres veces. Las dos estaba alí, saltando en el frío, esperando una respuesta física o una voz, pero nada de eso llegó.

"Tal vez el pastor Bailey está en la cocina, de donde vino la luz, tal vez no puede oírnos", sugirió Sarah.

Salieron del porche y se dirigieron a la puerta de atrás. Sarah comenzó a golpear la puerta mientras gritaba por el pastor. De repente, Laura la detuvo tocándole el brazo.

"Sarah...", dijo ella.

La chica se volteó hacia ella. —"¿Qué...?".

Laura la miró en la oscuridad. "La casa de pasatiempos. El cobertizo está hacia atrás, es la casa de pasatiempos de Miriam. Nunca he estado adentro, pero sé que lo mantiene bien cerrado".

No perdieron el tiempo corriendo por el patio trasero, ambas tropezaron al menos una vez. Cuando llegaron al cobertizo y trataron de abrir la puerta, ambas estaban sin aliento. Laura intentó abrir la puerta, pero fue en vano.

"Aquí es, Sarah", dijo. "Mi espíritu lo siente".

Caminaron alrededor de la pequeña estructura tratando de encontrar una ventana, pero no había ninguna. Finalmente, Laura agarró el brazo de Sarah y dijo: "Tenemos que derribar la puerta".

De vuelta en la puerta, ambas arrojaron su peso contra ella una y otra vez, pero la puerta no se movió. Laura caminó hacia un lado del cobertizo donde había una pila de leña cortada debajo de una lona. "Ayúdame a obtener la pieza más grande que podamos encontrar", dijo.

Levantaron la lona y encontraron un pedazo largo y grueso en el final. Juntos lo levantaron y lo llevaron de regreso a la puerta. Con cada una agarrando la madera, la lanzaron contra la puerta cerca de la manilla y la cerradura, golpeándola tan fuerte como pudieron.

"¡Otra vez!". Ordenó Laura. La lanzaron de nuevo. Esta vez la puerta realmente cedió un poco, y Sarah se sintió alentada. Sin palabras la lanzaron una, dos, tres veces, y la cerradura se rompió y la puerta se estrelló.

Tanto Sarah como Laura dejaron caer el tronco y entraron. La luz de las velas iluminaba el interior, y tan pronto como Sarah echó un vistazo, contuvo la respiración. Ella no estaba de ninguna manera preparada para lo que vio.

El pastor Matthew Bailey estaba muerto en el centro de un pentagrama. La camisa blanca que llevaba estaba cubierta de sangre en el pecho, y tenía los ojos muy abiertos por el shock; no esperaba lo que le pasó. Sarah cayó de rodillas y extendió la mano, cerrando los ojos. Lágrimas cayeron de ella mientras lo hacía.

Sarah miró a Laura. "Ella lo mató".

"No solo lo mató, Sarah, ella ofreció su sangre a los dioses oscuros", respondió Laura. "Ciertamente están contentos con ella por esto. Ahora sé que está en tu casa. Tenemos que irnos... ¡ahora!".

Para Sarah, la distancia hasta el auto en marcha era demasiado larga. Sus pies parecían estar atrapados en melaza en lugar de nieve mientras corría, y se sintió confundida y frustrada por la sensación. Finalmente llegaron al automóvil, saltaron y salieron del camino.

Finalmente, pensó Sarah. Por fin se dirigían a su casa. Pero justo cuando se deleitaba con la sensación de alivio, Laura estalló, "¡Oh, no!".

Sarah se volvió hacia ella. "¿Qué, Laura? ¿Qué?".

"¡Nos están deteniendo!".

Sarah se dio la vuelta para ver un auto de policía, luces intermitentes, justo detrás de ellas. "¡Oh, Dios, no necesitamos esto ahora!".

Laura redujo la velocidad del vehículo y comenzó a detenerse. "No podemos negarnos a parar. Tenemos que cooperar. Todo va a estar bien". Paró el auto a un lado de la acera, y apagó el motor.

La pierna de Sarah temblaba por la ansiedad. Parecía que ya había pasado una eternidad antes de que el oficial se acercara al automóvil, y ella seguía volteando para tratar de ver por qué estaba demoraba tanto. Por fin vio al policía, linterna en mano, dirigiéndose a la ventana del conductor.

"Aquí está", dijo ansiosamente. Miró a Laura, quien estaba completamente calmada. Sarah se sintió envidiosa de la compostura y el autocontrol de la mujer.

Laura bajó la ventanilla. "¿Tiene idea de qué tan rápido iba, señora?". El tono del oficial era de alguien enojado y molesto.

"Sí, oficial", dijo tímidamente Laura. "La hija de mi amigo tiene una emergencia familiar personal en casa, y mi velocidad estaba un poco fuera de control".

Él gruñó. "Bueno, necesito su licencia, registro y prueba de seguro".

Laura abrió la consola entre los asientos y sacó algunos artículos. Se los entregó al oficial y luego agarró su bolso del piso del asiento trasero. También le entregó su licencia y se recostó contra el asiento.

"Volveré", dijo el policía bruscamente, y Laura levantó la ventana.

"Intenta calmarte, Sarah", dijo. "Tenemos que confiar en que todo saldrá bien. Cuando perdemos la fe, comenzamos a perder. ¿Lo entiendes?".

Sarah miró con atención su rostro, luego asintió con la cabeza. Descubrió que no solo confiaba en Laura, también la admiraba, y que tenía una profunda sensación de obligación por todo lo que estaba haciendo por ella, Ryan y su padre.

Sarah echó la cabeza hacia atrás, cerró los ojos e intentó calmarse; todo habría terminado pronto, y ella estaría en casa.

R.W.K. Clark

CAPÍTULO 23

Miriam Bailey estaba sentada en el medio de la habitación de Sarah en el piso rodeada de las cosas de Sarah. Había sacado completamente todos los cajones de la habitación y los arrojó sin cuidado al suelo, vaciando sus contenidos con descarada indiferencia. Maquillaje, ropa, recuerdos y una gran variedad de otros artículos estaban esparcidos y apilados por toda la alfombra, pero Miriam estaba buscando cosas muy específicas.

Buscó y buscó hasta que encontró lo que estaba buscando: polvos para bebés y velas, ambos juntos, debajo de la cama de Sarah. Los objetos eran exactamente lo que necesitaba para formar un círculo en preparación para el sacrificio de la niña.

Miriam se puso de pie y regresó a la habitación de Kent. Él estaba sentado, atado y amordazado, mirándola con una mezcla de odio y preocupación en sus ojos. "¿Te sientes un poco, deberíamos decir, impotente? ¿Sí? ¡Bien, solo espera hasta que veas tu propia carne y sangre siendo asesinada ante tus propios ojos!"

Ella rió sarcásticamente y comenzó a formar un pentagrama con el polvo, luego lo rodeó perfectamente, cantando incoherentemente mientras avanzaba. Luego, tomó las velas y las colocó en cada punto de la estrella. Encendió cada una de ellas usando una combinación de fósforos que estaban en la habitación de Sarah y continuó cantando.

Kent observó con horror cómo tomaba su daga y la deslizaba por el interior de su brazo izquierdo, el brazo que no tenía herida. Su sangre comenzó a fluir libremente, y caminó alrededor del círculo permitiendo que la sangre goteara dentro y alrededor del mismo. Cuando terminó, una sonrisa amplia y satisfecha apareció en su rostro.

"Cebando la bomba, por así decirlo", le dijo. "Ahora todo lo que tengo que hacer es esperar. Creo que lo haré abajo. También puedes relajarte y sentirte cómodo; no irás a ningún lado".

Miriam se rió y abandonó la habitación, dejando que Kent luchara contra los lazos que lo mantenían en su lugar.

∞

Con una multa por exceso de velocidad aferrada en su mano, Laura puso en marcha el auto y se alejó de la acera lentamente. "Gracias Dios ¡Pensé que nunca saldríamos de allí!".

Sarah miró el automóvil de policía en el espejo lateral y negó con la cabeza. "Bueno, ya pasó, y finalmente podemos ir a mi papá". Ella miró a Laura. "No sé lo que haría sin ti. No sé cómo me metí en este lío; nada de esto fue mi intención".

"Sarah, la brujería es muy peligrosa, incluso si tienes las mejores intenciones", le dijo Laura mientras aceleraba su velocidad. "La inexperiencia es uno de tus mayores enemigos, como lo es la falta de conocimiento".

Sarah miró por la ventana y reflexionó sobre lo que Laura había dicho. Si todos sobrevivieran sin perder sus vida, ella arreglaría las cosas. Eliminaría la brujería de su vida, y podría volver a Dios. Le pediría perdón y permitiría que las duras lecciones de la vida se salieran con la suya en vez de luchar contra ellas en todo momento. Ahora veía lo tonta que había sido, resistiéndose al curso natural de las cosas.

Entraron en el camino de los Hathaway minutos más tarde, y ambas saltaron del auto como si estuviera en llamas. Corrieron hacia la puerta de entrada, pero estaba cerrada, y Sarah tuvo que sacar las llaves de su bolsillo y abrirlas. Casi se caen dentro de la casa cuando ella abrió la puerta.

"¡Papá!". Gritó Sarah mientras corría hacia la cocina con Laura pisándole los talones. "¡Papá!".

Sin respuesta, se detuvo y se volvió hacia Laura. "Tal vez él es...".

Fue entonces cuando vio a Miriam. La mujer estaba parada cerca del vestíbulo con una expresión de satisfacción en su rostro. Laura vio los ojos de Sarah agrandarse, y se dio vuelta.

"¡Tú!". Miriam dijo mientras la realidad de la persona que estaba mirando se apoderó de su mente. Su sonrisa se desvaneció rápidamente. "¡Debí haberlo sabido! ¿Cuántas veces mi estómago se revolvía en tu presencia en los últimos años? ¡No podría contarlos si lo intentara!".

Miriam dio un par de pasos hacia ellas, su mente trabajando más de la cuenta. "Tú eres la que ha lanzado una llave inglesa en rayos, ¿verdad? ¿Cuánto tiempo has sido una bruja, Laura McCain? ¿Hace cuánto?".

"No por mucho", respondió ella.

Miriam sacó su daga de detrás de su espalda. "Bueno, supongo que este es un buen momento para ponerle fin a tus andanzas y permitir que la mejor mujer se acerque al plato. ¡Mantente fuera de mi camino, Laura!".

En un instante, ella cerró el espacio entre ellos y puso el cuchillo en la garganta de Sarah antes de que la chica siquiera supiera lo que estaba sucediendo. "Tengo algo que mostrarles a los dos. Estoy segura de que les parecerá muy, muy interesante. Laura, ¿podrías por favor subir las escaleras?".

Laura miró a Sarah, cuyos ojos estaban llenos de miedo. "No luches contra ella ahora, Sarah. Su tiempo llegará pronto". La mujer se dio vuelta y comenzó a caminar hacia la escalera, con Miriam y Sarah justo detrás de ella.

En la parte superior, Miriam dijo: "No es la primera puerta. No necesitamos nada en la habitación de Sarah. Pasa a la siguiente".

Laura pasó por la puerta de la habitación de Sarah. Cuando se acercaban a la puerta de la habitación de Kent, Sarah vio el parpadeo de las velas; su mente sabía lo que iba a ver: este era el lugar donde Miriam tenía la intención de ofrecerla a los dioses oscuros. Esta era la habitación donde se había lanzado el círculo.

Cruzaron el umbral y cuando Kent vio a su hija con un cuchillo en la garganta, comenzó a luchar contra los lazos. Intentó gritar y gritar, pero la mordaza no se lo permitió. La silla en la que estaba sentado, se balanceaba hacia adelante y hacia atrás con sus pies mientras luchaba.

"No, papá. ¡Tienes que relajarte!". Una lágrima corrió por la cara de Kent mientras miraba a su hija. Sí, iba a presenciar su muerte, y luego probablemente experimentaría la suya, y no había nada que él pudiera hacer al respecto.

"Ahora Sarah", comenzó Miriam, "Siéntate en el medio del círculo como una buena chica. Esto será mucho más fácil para todos si ninguno de ustedes lucha".

Soltó a la chica, quien se volteo para mirarla con odio ardiente en los ojos. "Espero que te quemes en el infierno", siseó Sarah.

Miriam se rió. "Oh, ciertamente lo haré. —Puedes contar con eso".

Sarah miró a Laura, que prácticamente se había desvanecido en el fondo, casi olvidada por Miriam. Luego, Sarah comenzó a retroceder en el medio del círculo, y finalmente se sentó en el centro del enorme pentagrama, renunciando a su propia voluntad. Ella preferiría morir que cualquier otra cosa en ese punto; todo esto fue por ella, y lo sabía. Se odió a sí misma en ese momento, y la muerte se había convertido en un amigo bienvenido en su mente.

La sonrisa malvada de Miriam creció mientras miraba a la niña sentarse. "Esto no podría ser más perfecto. Has cedido de manera tan complaciente. Si tuviera un alma, casi me sentiría culpable. Pero gracias al diablo no la tengo".

Miriam cerró los ojos y levantó el rostro hacia el cielo. Ella comenzó a cantar en lo que parecía ser el latín; Sarah no entendió una palabra. Le temblaban las manos al ver a Miriam entrar en lo que parecía ser un trance.

Por el rabillo del ojo, vio a Laura moviéndose silenciosamente hacia Miriam, que parecía felizmente ignorante. Los ojos de Sarah se abrieron más al ver que la mujer se detuvo detrás de la bruja negra. Llegó a su espalda, y cuando su mano se volvió a ver, tenía una daga, la propia daga de Laura. También era plateada, como la que Miriam tenía en la mano, pero era más larga y más afilada, y tenía una gran piedra negra en el mango.

Laura se acercó a la mujer que cantaba y, con un desliz sigiloso, dejó abierta la garganta de la bruja negra.

Miriam abrió los ojos y una expresión confusa apareció en su rostro. Se llevó la mano al cuello y, cuando la retiró, vio que estaba cubierta de su propia sangre, que manaba como el agua de un grifo. Miró a Sarah, quien estaba sonriéndole.

—"¿Quién?". Esa fue la última palabra que Miriam pudo decir. Su cuerpo cayó al suelo como un muñeco de trapo, y ella murió allí en un charco de su propia sangre.

Laura pasó por encima de su cuerpo y miró a Sarah, luego a Kent. Ambos le devolvieron la mirada; La de Kent fue de alivio, y la de Sarah fue de adoración. Laura sonrió.

"Tan simple", dijo ella. "Siempre me ha encantado cuando todo el trabajo duro se ha hecho por mí". Ella miró hacia abajo al cuerpo de Miriam. —"Gracias. Me has ahorrado tanto tiempo".

Ella entró al círculo y se arrodilló ante Sarah. "Los mismos viejos métodos de atraer se vuelven tan... tediosos y aburridos siglo tras siglo. Me encanta agregar un poco de variedad". Se volteó para mirar a Miriam brevemente. "Ella era mi marioneta, y cada movimiento que hacía era porque le tiraba de las cuerdas".

Laura volvió a ver a Sarah, quien la miraba con amor, luego miró a Kent, que tenía una expresión de horror en su rostro. "Su hija no puede entender, pero sé que usted sí. Ella se ha entregado por completo a mí, incluso en lo más profundo de su alma. Si le sirve de consuelo, ella no sufrirá ni por un segundo".

Ella miró a Sarah. "Querida, aunque no lo veas, todo esto fue obra mía. Miriam era mi peón; ella pensó que ella perseguía sus propios fines, pero nunca iba a tener éxito. Yo fui quien las atrajo, a ti y a ella. Ryan vivirá; quiero que sepas eso, aunque eso ahora no te importe".

Laura cerró los ojos brevemente, luego miró a Sarah otra vez.

"Lo que antes era tuyo ahora se convierte en mío.
La vida en tu carne ahora será vivida por mí.
La sangre en tus venas pronto fluirá a través de la mía.
Es a través de tus ojos que pronto veré...".

Pasó el cuchillo hábilmente por el cuello desnudo de Sarah y la sangre de la chica Ella cayó, y fluyó en el círculo, que comenzó a brillar. Kent gritó a través de su mordaza y luchó mientras su hija moría ante sus ojos.

Laura se estaba volviendo más joven. Las líneas en su rostro se suavizaron, y su cabello se aclaró rápidamente. Los suaves rollos de su cuerpo de cuarenta y siete años desaparecieron como la magia, y su ropa pronto le colgaba como harapos. Se levantó y se estiró, la fuerza y el placer corrían por sus venas.

"Tan dispuesta estaba", le dijo Laura a Kent. Ella murió con amor en su corazón por mí. Lástima que yo tenía nada de amor a cambio. Estoy satisfecho con su gusto en la ropa; tendré que tomar algo de eso prestado". Hizo una mueca de satisfacción al ver su reflejo en el espejo.

"Me disculpo por todo esto, pero la verdad es que no siento tristeza ni remordimiento". Caminó hacia el hombre que luchaba y rápidamente enterró su daga en su pecho. "Pero es lo menos que puedo hacer para sacarte de tu miseria. Has dado tanto para mi causa".

Laura McCain salió de la habitación casi flotando en éxtasis. Cogió un vestido negro transparente del armario de Sarah y se lo puso rápidamente. Podía sentir el dolor y la tristeza exudando del mismo, y sabía que había sido usado para el funeral de la madre de la chica.

"Qué apropiado", dijo a su reflejo con aire de suficiencia.

Con eso Laura McCain salió de la casa. Se subió a su automóvil y se alejó, tarareando con satisfacción.

R.W.K. Clark

CAPÍTULO 24

La lluvia caía desde un cielo gris en Paradise, Ohio.

Fue un funeral doble, y parecía que toda la pequeña ciudad estaba presente. No hubo ojos secos cuando el pastor de Our Heaven's Gospel Church de la ciudad cercana de Aticka condujo el servicio. Después de todo, esta familia no había conocido más que infortunio y sufrimiento en los últimos años de sus vidas.

Kate Morris estaba con su esposo y su hijo. Su mano estaba en el hombro de Ryan; estaba llorando y temblando violentamente. Él superaría esto; después de todo, él era muy joven. Kate estaba tan agradecida de que no fuera a él a quien elogiaban ese día. Eso era todo lo que le importaba.

Pero Ryan quería recuperar a Sarah. Su corazón estaba roto, y si había un Dios lo odiaba. Ryan no había sido criado en la iglesia, y no tenía memoria ni comprensión de las cosas que habían sucedido en Paradise mientras estuvo en el hospital. Solo tenía sentido para él continuar en la brujería que Sarah había traído a su vida. Así era como la mantendría viva.

Los asistentes al funeral comenzaron a dispersarse, y todos volvieron a sus vehículos bajo la fría lluvia invernal.

Paradise viviría para ver otro día...

∞

"Sepa que Dios lo ama, y que tiene un plan muy especial para la vida de todos y cada uno de ustedes. Continúen esta semana con las bendiciones de Dios". El pastor Gary Kemp de la iglesia de la Asamblea del Señor en Heavenly, Wyoming sonrió a su congregación. "Antes de irnos, me gustaría dar una gran bienvenida a la Asamblea a nuestra nueva secretaria de la iglesia. Laura McCain, ¡estamos encantados de hacerte parte de la familia!".

La iglesia rompió en aplausos y todos en la congregación se volvieron y sonrieron en dirección a la pequeña mujer pelirroja al final de la primera fila. Ella asintió con la cabeza y sonrió tímidamente, e incluso se sonrojó un poco con humildad.

"Gracias por recibirme", dijo mientras morían los aplausos. "Solo puedo esperar servirles a todos ustedes como se merecen".

Se volvió a sentar y volteó sus ojos hacia el pastor mientras procedía a pronunciar la oración de clausura.

Mientras el resto de la congregación inclinaba la cabeza, Laura McCain miraba al frente y sonrió...

PETICIÓN

Mi creatividad se nutre de lectores como usted. Si ha disfrutado de esta novela, le ruego que escriba una reseña, y comparta su experiencia. Háblele a un amigo o a un ser querido de este libro. A cambio, le ofrezco un gran agradecimiento desde el fondo de mi corazón.

Humildemente y con gratitud,

RWK Clark

ADICIONALMENTE

Obras de RWK Clark

En español

Pluma de Sangre El Despertar
ISBN-10: 1948312999 ISBN-13: 978-1948312998

Guardián Del Hermano
ISBN-10: 1948312913 ISBN-13: 978-1948312912

Muerte en el Agua
ISBN 10: 1948312506 ISBN 13: 978-1948312509

El Carnicero de la Taquilla
ISBN-10: 1948312514 ISBN-13: 978-1948312516

Invadidos Estados Cautivos
ISBN-10: 1948312069 ISBN-13: 978-1948312066

Ángel de Lucifer La Iglesia de Satanás
ISBN-10: 1948312077 ISBN-13: 978-1948312073

En inglés

Passing Through
ISBN-10: 1948312018 ISBN-13: 978-1948312011

Requiem for the Caged
ISBN-10: 1948312026 ISBN-13: 978-1948312028

Zombie Diaries Homecoming Junior Year
ISBN-10: 0997876778 ISBN-13: 978-0997876772

Zombie Diaries Winter Formal Junior Year
ISBN-10: 0997876786 ISBN-13: 978-0997876789

Zombie Diaries Prom Junior Year
ISBN-10: 0997876794 ISBN-13: 978-0997876796

Out to Sea: Festival of Hues
ISBN-10: 099787676X ISBN-13: 978-0997876765

Box Office Butcher: Smash Hit
ISBN-10: 0997876751 ISBN-13: 978-0997876758

Stolen Blood: Dawn of a New Era
ISBN-10: 0997876743 ISBN-13: 978-0997876741

Permanent Ink: Deadwalkers
ISBN-10: 0997876735 ISBN-13: 978-0997876734

Passage of Time: Search for the Fountain of Youth
ISBN-10: 0997876727 ISBN-13: 978-0997876727

Shattered Dreams The Man in Blue
ISBN-10: 0997876719 ISBN-13: 978-0997876710

Dead on the Water Abandon Ship (Zombie Cruise)
ISBN-10: 0997876700 ISBN-13: 978-0997876703

Brother's Keeper A Novel of Murder and Deception
ISBN-10: 0692744746 ISBN-13: 978-0692744741

Blood Feather Awakens The Timebound Rebirth
ISBN-10: 0692734082 ISBN-13: 978-0692734087

Lucifer's Angel The Church of Satan
ISBN-10: 0692733280 ISBN-13: 978-0692733288

In The Depths (DeSai Trilogy Book 1)
ISBN-10: 0692721932 ISBN-13: 978-0692721933

Witches Immortal (DeSai Trilogy Book 2)
ISBN-10: 0692722165 ISBN-13: 978-0692722169

Lucien's Reign (DeSai Trilogy Book 3)
ISBN-10: 069272219X ISBN-13: 978-0692722190

Living Legacy Among the Dead
ISBN-10: 0692517243 ISBN-13: 978-0692517246

Overtaken Captive States
ISBN-10: 0692489312 ISBN-13: 978-0692489314

ACERCA DEL AUTOR

Soy padre de dos hermosos niños, Jon y Kim. Son mi fuerza motivadora, mi faro en este vasto océano. Son el aire que respiro en esta vida; ellos son el oasis en este desierto de incertidumbre. Son mi mayor alegría en la vida, y mi prioridad número uno. Tengo una larga lista de aficiones, que atribujo a mis ganas de vivir. Me gusta rodearme de personas positivas que comparten los mismos intereses. Los valores de la familia, las artes, el aire libre, la naturaleza, y los viajes son prioridades en mi lista. Me gusta asistir a eventos culturales y artísticos porque creo que la autoexpresión dramática es la ventana al alma. Llevo mi corazón en la manga, todavía creo en la caballerosidad, y siempre trato a la gente como desearía que me tratasen a mí.

www.rwkclark.com

www.ingramcontent.com/pod-product-compliance
Lightning Source LLC
Chambersburg PA
CBHW030123180626
46812CB00002B/535